ベリーズ文庫

蜜月同棲～24時間独占されています～

砂原雑音

JN230031

STARTS
スターツ出版株式会社

目次

蜜月同棲～24時間独占されています～

蜜月同棲～24時間独占されています～

プロローグ

背が高くて肩幅の広い、その背中を見つめるたびに胸が高鳴り、見ているだけでも幸せだった。

臆病で、変わることを知らない幼い恋心。

幼馴染という立場でいれば、まだしばらくはその背中に駆け寄って腕を絡ませて甘えることができると思っていた。

『克己《かつみ》くん』

いつもそうやって駆け寄っていったのは、私。

だけど今、目の前でそう彼を呼び、向かい合っているのは、私じゃなかった。

……あの人、知ってる。

克己くんとよく一緒に電車に乗ってる人だ。克己くんと同じ高校の制服の彼女。

ふたつ年上の彼と、一年だけでも一緒の高校に通いたくて必死で勉強したけれど、学力が足りなくて断念するしかなかった。

私が着られなかった制服だ。

『誕生日、おめでとう』
彼女の言葉を聞いて、私は静かに手に持ったショップバッグの柄《え》を握りしめた。
克己くんは、どんな顔をして彼女からのプレゼントを受け取っていたのだろう。
昔のことすぎて、もうはっきり覚えていない。
それとも怖くて見られなかったから記憶にないのだろうか。
洒落たアイアンポーチの門を抜けて、克己くんは彼女を中へと迎え入れた。
少し離れた道の角で、気付かれないようふたりを見つめていた私の頬を撫でた風。
ひんやりと感じたのは、季節のせいではなくて頬が濡れていたからかもしれない。
せつなくて、ほろ苦い。
言葉にすることもなく終わった、私の初恋の想い出だった。

幸せ度数直滑降

儚《はかな》く終わった初恋なんていうものを、いつまでも手放せないほど私も子供のままじゃない。

誰だってそうだろう。

募る想いを飲み込んで、朝を迎える数の分だけ涙をこらえることに慣れていく。

学生は忙しい。どれだけ気が重くても学校には行かなくちゃいけなくて、二年に進級すれば早くも進路の話が出てきたりする。受験に向けて徐々に追い立てられていくものだから都合がよかった。

忘れるためにがむしゃらに勉強したら、思っていたよりそこそこいい大学の合格圏内に入ることができ、その頃には思い出すことなんてもう稀《まれ》だった。

死んでしまうんじゃないかと思うくらいに傷んだ胸も、月日が過ぎればなんてことはない。

ただ、時折、そう時候の挨拶のように、記憶の奥底からひょっこりと顔を覗かせる。

例えば春咲く桜や、ふと耳に響いた晩夏の蝉《せみ》に想い出の欠片《かけら》を見つけてしまうその時だけは、記憶の中の面影が淡く仄《ほの》かな色を取り戻し、小さな痛みと共に懐かしむ。

そうした初恋の記憶を胸の底にしまった人のほとんどが、やがて新しい恋を見つけて毎日を過ごしているように、私、立花柚香《たちばなゆずか》もそうだった。

大学生活を難なく送り、そこそこの企業に就職した。そして、そこで出会ったひとつ年上の先輩に恋をした。

誠実な人で一緒にいれば楽しくて、この人とならいつまでも仲良くいられるんじゃないかと思えたから、私はプロポーズに迷うことなく『はい』と答えたのだ。

二十六歳、社会に出てまだ四年程度。結婚を考えるには少し早いかもしれないとも思ったけれど、幸せだった。


二月の休日の午後。結婚式を三月下旬に控え、私は婚約者の新田《にった》さんに呼び出され、夢見心地の浮かれた顔で待ち合わせのカフェに向かった。

なぜそんなに浮かれていたかというと、午前中はウェディングドレスの最後のサイズ合わせをしていたからだ。

デザイナーである姉が、私へのお祝いに作ってくれたドレスだった。姉は昨年結婚して、家事と仕事で忙しいはずなのに、私のためなら喜んで、と時間を割いてくれていた。

今日のサイズ合わせのことは新田さんにも伝えてあったのだが、休日出勤と聞き、仕方なく私と姉だけで会ったのだ。

だが、どうやら出勤ではなかったらしい。だって今私の目の前にいる彼は、スーツではなかったからだ。

彼の隣には、女性が座っていた。

なぜ、私がふたりの向かいに座らなければいけないのだろう?

新田さんの隣は私の場所だと、並ぶふたりを見てまず胸が焼け付いた。

隣の彼女は、青ざめたまま俯いて目を合わせようとしなかったがよく見知った顔だった。毎日オフィスで顔を合わせて、私たちの婚約を知らせた時にも『おめでとうございます』と笑ってくれたかわいい後輩だ。

「柚香、本当に悪いと思ってる」

「すみません先輩……私、こんなつもりじゃなかったのに……」

ほろほろほろ、と戸田綾奈《とだあやな》の目から涙がこぼれる。

いや、泣きたいのはこっちの方だ。泣いていいのは私じゃないの?

「綾奈が妊娠した」

すっ……と血の気が引いて、座っているのに立ちくらみのような眩暈《めまい》を感じた。

「や……ちょっと待って？」

額を押さえて、前のめりになり俯いて、目の前に置かれた紅茶のカップを掴む。ひと口含んで落ち着こうと思ったのに、手が震えてカップを持ち上げることができない。

ふたりの言っていることが、おかしい。

理解ができなかった。

本当に悪いと思ってる？

だったらなぜ、ふたり揃ってここにいるのだろう。

こんなつもりじゃなかった？

じゃあ綾奈はどういうつもりで新田さんと寝たのだ。

妊娠した、ということはそういう可能性のあることをしたということだ。

「……なんで？」

ぽそ、と思わずこぼした声は掠《かす》れていた。

一体ふたりは、いつからそういう関係だったのだろう？

妊娠がわかるには、それなりの日数が必要なはずだ。一カ月、二カ月……それとももしかしてもっと前から私の知らないところで会っていたのか。

ぞわ、と背筋に悪寒が走る。同時に腹の底が焼け付いた。

ぎゅっと拳《こぶし》を握りしめ、なんで、どうしてと責める言葉が続いて出そうになったのを止めたのは、正面から聞こえる嗚咽《おえつ》だった。

「悪い。彼女、今つわりでほとんど食えてないんだ。情緒も不安定で」

新田さんの口からそんなセリフが出て、信じられない思いで顔を上げる。

彼は私を見ていなかった。

隣にいる綾奈の背中を労《いた》わるように撫でていて、その瞬間、もうだめだと思った。

この人とは一緒にいられない。一秒たりともこの空間にいたくない。

そして、ふたりが揃って私に会いに来た時点で、このふたりの答えもまた、出ているのだ。

「……わかった。結婚、なかったことにしよう」

そう言うと、彼はほっとしたような、それでいてぐっと言葉に詰まったような複雑な顔をした。

大方、私の方からそう言い出してくれて助かった、というのと、さすがに罪悪感が湧いたのだろう。

中途半端な優しさはズルくて罪なのだと初めて知った。

「まだ結婚する前でよかったよね。式場のキャンセルとかお願いするね、私の親には私から説明する」

「あ、ああ。わかった」

「課長に報告するのはふたりで行かないといけないだろうけど、その他は各自それぞれで処理しよう。式場のキャンセル料は新田さんにお願いします。慰謝料はいらないから」

つらつらつら、と別れるために必要な段取りが次から次へと口をついて出る。

衝撃は受けていても案外冷静に言葉が出たのは、ここで必要事項をすべて解決しておかなくては後々何度もこのふたりと相対しなければいけなくなると思ったからだ。鈍ってしまった思考回路を、必死で酷使していたのだ。


逃げるようにカフェを出て、帰路を辿《たど》る。

だけど、どこをどう歩いたのか、実のところよく覚えていない。ただずっと、新田さんと綾奈の姿が頭から離れなかった。

昨日、オフィスでいつもと変わりなく言葉を交わしていたのに。綾奈とも、新田さんとも、だ。

ふたりはそんなに前から、私の知らないところで繋がり、私を陰で笑っていたのだろうか。

親や姉には、なんて説明をすればいいだろう。

それだけでなく、招待している親戚や友人にも連絡して回らなければならない。

仕事だってそうだ。明日からどんな顔をして出勤すればいいのやら、考えただけで気が重い。

直属の上司にはふたりで報告しなければならないだろうけど、説明は全部新田さんに任せよう。

なんて言うつもりだろ……って、赤ちゃんがいるんだからごまかしてもすぐに露見する。ありのままを話すしかないだろうな。

ひとり暮らしをしているワンルームマンションの玄関に辿り着き、鍵を開ける。

そうだ、ここも来月には出なくちゃいけないのだ……新田さんと一緒に住む予定で解約手続きをしてしまっている。

俯いたままふらふらと部屋に上がって、ベッドの上にどすんと腰を下ろした時だ。

正面壁際の足元に、真っ白いレースの裾が目に入り、思考回路が停止した。

壁にかけられたきらきらと華やかなウェディングドレスを呆然と見上げる。

今朝、姉がサイズ合わせに来てくれた時、直しの必要がなさそうだったので置いていってもらったのだ。新田さんに、見てもらいたかったから。

喜んでくれると信じて疑っていなかった、つい数時間前の自分があまりにも滑稽《こっけい》で力の抜けた笑いがこぼれた。

「はは……」

どうすんの、これ？

一カ月後にはこれを着て、その日は誰よりも幸せに笑っているはずだった。

私の幸せを祈って、姉がデザインしてくれたドレス。私の希望を聞きたいからと、この部屋に泊まって姉が何枚もラフ画を描いてくれた夜を思い出す。

「ごめん、お姉ちゃん……破談になっちゃった」

初めて、涙がこぼれた。

あんなに一生懸命考えてくれたのに、肝心の式の予定が消えてなくなってしまった。

喜んでくれた両親にも、哀しい顔をさせてしまう。

ぽた、ぽた、と連続してこぼれた涙が膝のスカートを濡らした。

悲しかった。新田さんに裏切られたことも、綾奈のことも。

新田さんはちゃんと分別のつく人だ。たくさんの人に迷惑がかかるとわからないはずがなく、そんなことも全部構わなくなるほどに、彼は綾奈を好きになったのだろうか。

「う、う、ぁあああ……」

一度堰《せき》を切った涙は、その夜泣き疲れて眠るまで止まらなかった。

私の勤める会社は、海外にも進出している大手化粧品会社『星和堂《せいわどう》』の関連会社で、女性をターゲットにした雑貨やコスメの販売を行っている。

私が就職活動をしていた時も人気のある業種で、応募者が多い上、僅《わず》かな採用枠しかなかった。それなのに入社できたのには理由がある。

実は星和堂の社長夫人とは母が昔馴染で、幼い頃から付き合いがあったのだ。子会社の採用にまで関わってはいないとおば様は言っていたし、入社してからもコネだとか陰口を叩かれたこともないけれど、もしかして少しばかり手を貸してくれたのじゃないかと思っている。

主要駅から少し離れた立地の五階建てのビルにオフィスはある。

私の所属するネット販売部は十人で仕事を回しており、新田さんも綾奈もそのメンバーだ。つまり、嫌でも毎日顔を見ることになる。

それを思うとまるで鉛《なまり》でも飲み込んだかのように胃が重い。だけど、仕事である以上嫌だなんて言ってはいられなかった。

月曜、朝。

背中の中ほどまで伸ばした薄茶の髪を、いつもより念入りにスタイリングした。襟がレースになった白のブラウスに紺のプリーツスカートという、お気に入りの組み合わせで気合いを入れる。

けれど、泣き腫らした目だけはメイクでどうにもできなかった。

出勤してすぐさま、オフィスに入る手前で、同僚の神崎《かんざき》さやかに通路の隅に連行された。

「柚香、あんたどうしたのその顔」

「……わかる？」

「泣いた後ってまるわかり。新田さんと喧嘩でもした？」

重たい瞼《まぶた》を両手の指で軽く押さえ、マッサージをしてみるものの、そんなことは今朝起きてから食事もとらずに何度もやっていた。その上で、この状態なのだ。

「喧嘩なら、よかったんだけどね」

「なによ?」

始業までの数分で簡単に話せる内容でもなく、お昼休みに、と言おうとした時だった。彼の声が割り込んだのは。

「柚香」

びくん、と情けないほどに肩が跳ねて、声を聞いただけで涙が出そうになった。

震える唇を一度強く噛みしめる。それから深呼吸をして、新田さんに目線だけを向けた。

「おはようございます」

「おはよう。一緒に行くのも気詰まりだろうから課長には俺が報告しとく。柚香からは後で挨拶だけしとけばいいから」

互いににこりとも笑わない、淡々とした会話はおよそ結婚前のふたりには見えないのだろう。さやかが眉をひそめて私と新田さんを交互に見るが、彼はなにも言わずにさっさとオフィスに入っていった。

「ちょっと……柚香?　ただごとじゃないよね?」

「うん。破談になった」

「え……」

泣くまい、と両手で顔を覆って再び深呼吸をする。吐く息も鼻も目頭も、熱を持ったように熱かった。

手を少しずらして目だけ覗かせると、絶句したままのさやかに言った。

「後で、昼休みに話すから」

まだなにか言いたげなさやかの手を引きオフィスへと促そうとして、その後ろに見えた姿に足が止まる。青ざめた顔で歩いてくる綾奈がいた。

「……おはようございます」

ぼそぼそと聞こえるか聞こえないかの小さな声で会釈をした彼女は、私を見る勇気もなかったらしい。目を逸らしたままで、そそくさとオフィスへと入っていく。

ふ、と溜め息が漏れた。

この調子ではきっと、今日中に噂になってしまうだろう。

私たちが破談になったことと、その経緯まで憶測が飛び交うに違いなかった。

初恋の、静かな足音

がつん!と勢いよくグラスが置かれてビールがこぼれ、さやかの手を濡らした。

仕事上がりにふたりで居酒屋を訪れたのだが、個室が空いていてよかったと思う。多少ヒートアップしても誰かに聞かれることはない。

「信じられない新田さん……しかも普通、同じ職場の女に手を出す?」

さやかがそう言って、強くグラスを握りしめている。その手はぶるぶると震えていて、私のためにこんなに怒ってくれているのだと思うと少しばかり慰められた。

昼休み、大まかな流れを話した後、さやかはあまりの事態に言葉を失った。

当然だと思う、私だってこんな話を友人から聞かされたら慰めの言葉も思い浮かばない。

だけど、どうにも気力の湧かない私のお尻を叩いて、実家への連絡を促してくれたのは彼女だ。

結婚を喜んでくれていた両親や姉を悲しませるとわかりきっている。

ためらっていた私だったが、ひとりで抱えることはない、結婚は家族も関わることなのだからと、さやかの言葉に励まされ、昼休みの間に実家に電話を入れた。

ありのままを報告するしかなく、母親もまたしばらく電話の向こうで言葉を失っていたが。

《……よかったわ。私ほんとは、新田さんちょっと苦手だと思ってたのよね》

そんなはずはない。

なのに、あっけらかんとそう言ってくれた母親の優しさに泣きそうになった。

それだけでなく、父親や親戚への説明も代わりにしておくから自分のことをしっかりとやりなさいと励まされたのだ。

正直、助かった。考えなければいけないことはたくさんあるのだ。

新田さんとの新居に来月から住む予定だった私は、もうじき今のワンルームマンションを出なければならない。

引っ越し先をどうするか、すぐに行き先など決められるはずもなく、裏切られた私の方が、理不尽に追い詰められていると思ってしまう。

新田さんはいい、彼の名義で新居を借りたのだから相手が変更になっただけのことだ。

……あ。そうか、あのふたりがあの部屋に住むのか。

ふと、頭に浮かんだふたりの姿に、こらえきれないほどの嫌悪感が湧き上がる。新居の家具も生活用品も、すべて私と彼で選んだものだ。もしかしなくても、そこに綾奈が入り込むのか。

「……ああ、やだ。すごく今、心が黒い……」

「飲め！　吐き出せ！　今日はそのために来たんだから！」

さやかが私のグラスにビールを注ぎ足した。私はそれを一息にあおる。

嫌悪感も嫉妬も敗北感も喪失感も、すべてそれで洗い流されてしまえばいいのにと思った。

それから、一体何杯飲んだだろうか。アルコールでたがが外れれば、あのふたりの前では言えなかったことが次から次へと溢れ出た。

「大体ね、新田さんは卑怯だと思うの！」

「うんうん」

「子供ができた。だからなに？　それ以上言わないのってあれでしょ、私に察しろってことでしょ？　自分が言いにくいから、私に別れようって言わせただけのことだよね!?」

少し気の優しすぎるところがあるな、と感じたことはある。たまに優柔不断な一面が見え隠れして、だけどそれは人の気持ちを優先して考えるという優しさなのだと思っていた。だけどこうなってみれば、単なる優柔不断だと思わざるを得ない。優しさというにはあまりにも無責任なものだった。

「……優しい、人だと思ってたのに」

綾奈の背中を撫でていた姿が脳裏に蘇《よみがえ》る。それだけでぶわりと涙が溢れて、声が震えた。

「一緒にいればきっとずっと楽しく過ごせる、そう思える人だったのに」

「違ったんだよ、結婚する前にわかってよかったんだよ、ね。柚香にはきっともっといい人が現れる！」

やけ酒なんて、初めてのことだった。お酒は好きだけれど、嫌なことがあってお酒に逃げる、という心理が私にはわからなかったのだが、今ならよくわかる。

酔えば楽になる気がした。裏切られた心の痛みよりも、悪酔いの苦しさの方が楽な気がした。

――……か、ゆずか。

──しっかりして、大丈夫？　さっきから携帯が鳴ってるよ。

いつまでその居酒屋にいたのだろう。さやかがずっと、私の愚痴に付き合ってくれていたのは覚えている。

そう、それから、懐かしい人から電話があったことも。ただ、その電話に出たかどうかの記憶が、定かではない。

ゆらゆらゆら、と身体が心地よく揺れた感覚がしたのは、酔いのせいだろうか。

ピピ、ピピ、ピピ、とスマホのアラームに起こされ目を開けると、見慣れた天井が目に入り、自分の部屋なのだとすぐにわかった。

スマホはどこだ、と枕元を探す。だけど見つからなくて、音を頼りに手を伸ばせば、いつもはあまり置かない場所に置いてあった。

ベッドのヘッドボードにしつらえられた、小さな窪みのような棚だ。いつもは読みかけの小説なんかを置く場所で、スマホは枕のすぐそばが定位置なのに。

こんなとこに自分で置いたのかな、と不思議に思いながらスマホの画面で指をスライドさせアラームを止める。

「……いたっ！」

起き上がろうとして、激しい頭痛に襲われた。

ずきずき、と痛む頭を抱えて一度ベッドにうつ伏せになる。

見事な二日酔いだった。今のところ吐き気はないが、起き上がれば眩暈がしそうで、怖くて身体を起こせない。

うずくまりながら、昨夜の記憶を辿った。一体どうやって帰ってきたのかわからないけど、自分の部屋にいてよかったと、まずはほっとする。

服も、まったく覚えがないのだがパジャマに着替えていた。

頭に響かないよう、ゆっくりゆっくりと起き上がり、部屋を見回せば、なにか引っかかった。

いつもの部屋なのだが、なにかが足りない。ベッドの足元を見て、そこでまたひとつ違和感。脱いだ服が畳まれてそこにあったのだ。

いつもは、洗うものは洗面所の洗濯かごに入れているし、酔っぱらって余裕がなかったのなら畳んだりしないで脱ぎ散らかしたままでいそうなものだ。

不思議に思いながら、玄関からぐるっと目線を動かし、ベッド正面の壁を過ぎて窓を見る。そして足りないものにようやく気が付き、正面に視線を戻した。

「……ドレスが、ない」

壁にかけられていたウェディングドレスが、消えていた。

なんで？　昨日の夜、なにがあった？

空き巣にでも入られたかと思ったが、部屋が荒らされているような様子もなくて、ベッドの下に置かれたバッグの中にちゃんと財布も入っている。ドレスだけ盗んでいくなんて、おかしい。

頭の中をいくつものクエスチョンマークが飛び交っている。

そしてなにより焦ったのはドレスの行方だ。

破談になった今、着る予定もないものだけれど、なくなってしまうのは嫌だ。

姉の心がこもったドレスなのに、一体どこへ行ってしまったんだろう。

混乱しながら、スマホを手に取る。夕べの自分の行動がわかる手がかりがないかと探そうとしたのだ。

見れば、メッセージアプリが表示されている。さやかからのものだった。

【ちゃんと帰れた？】

【私はあんたの味方だからね！　堂々と仕事に来ればいいんだからね！】

ぐっ、と親指を立てた力強いスタンプが最後に送られてきていた。

昨日、一緒に仕事がしづらいだとか、顔を合わせるのがしんどいだとか口走った覚えがあるからそのせいだろう。心強いなあ、と頬が緩む。

だけどさやかとは、どうやら店かどこかで別れて、ここまで一緒だったわけではないらしい。だとすると、やっぱり自力で帰ってきたのだろうか。

アプリを閉じて、次は着信履歴を開く。ぼんやりと記憶に、着信があったことを覚えていたからだ。

そう、とても懐かしい人から。

「……あった。夢じゃなかったんだ……」

着信履歴に三つ連続で並んだ名前は『克己くん』だ。信じられない思いで、画面を指で撫でる。

私の初恋の人で、幼馴染だ。

だけど、どうして今になって、という思いが消えない。

私よりもふたつ年上の彼は高校卒業と同時に海外留学し、それきりずっと疎遠になっていたのだった。

三つの着信履歴のうち、最初のひとつは不在着信だったけど、二回目と三回目はちゃんと通話をしていたようだ。だけど、さっぱり思い出せない。

確か、最初の着信があった時はまだ店の中にいたような気がするのだ。さやかが私に電話が鳴ってると教えてくれたような覚えがある。

さやかに聞けばなにかわかるだろうかと、とにかく出勤することにした。

「あちゃー。全然覚えてないの？」

始業前の僅かな時間、隣のデスクのさやかと話しながら仕事の準備をしている。

昨夜の記憶がないことを正直に言った。

「かもねえ、あんた完全にぐでんぐでんだったから。どこまで覚えてんの？」

「電話が鳴ったような覚えがなんとなく。履歴見て電話に出たらしいってことはわかるんだけど、そこらへんはぜんっぜん記憶にない」

「は？　そこから？　だったら、〝克己くん〟が店まで迎えに来てくれたことは？」

さやかが素っ頓狂な声をあげ、一瞬周囲の視線が集まる。

その中に新田さんの視線もあったのでなんだか気まずく感じたが、それよりも驚くべきことを聞かされて私はさやかの言葉に釘付けだった。

「克己くんに会ったの？」

「会った」

そうして、にやっとさやかの口元が歪む。

「幼馴染なんでしょ？　後で話聞かせなさいよ」

どういうことだ。

昨日の話を聞きたいのは私の方なのだけど、残念ながらそこで始業時間となり、話は昼休みに持ち越された。


さやかの話を聞く限り、どうやら私は昨夜、克己くんからの電話に自分で出たらしい。そして電話で散々泣きつき、放っておけないからと克己くんが店まで迎えに来てくれて、その頃にはテーブルに突っ伏していつ寝てもおかしくない状況だったそうな。

「ほ……ほんとに？」

社ビル屋上のベンチで、さやかの話を聞きながら昼食のお弁当を食べ終えて、私は頭を抱えた。

ここは落下防止のフェンスで安全を確保され、ベンチや花壇が並ぶ社員のための憩《いこ》いのスペースになっている。気候のいい時期の晴れた日などは人気があるが、今は閑散としていた。

当然だ、まだ二月の真冬の寒い盛り。だけど、あまり聞かれたくない話をするにはちょうどよく、幸い今日は天気もよくて風もなかった。

「ほんとになんにも覚えてないの？　欠片も？」

「まったく……」

というか、信じられなかった。

幼馴染の克己くんとは、本当にずっと連絡も取っていなくて、電話番号が高校生の頃から変わっていないのだということも昨日の電話でわかったくらいだ。

どうして今頃になって連絡があったのか、嬉しいけれど驚きの方が強い。

「柚香の破談を心配してかけてきたみたいだったわよ。そのことを事前に連絡したんじゃないの?」

「ううん、してない。でも、耳に入ったのかも……」

「名刺ももらったし、あんたも間違いなく彼に懐いてたから任せて大丈夫だろうと思って、私は帰ったんだけどね」

心当たりがあるといえば、私の母だ。きっと母からおば様に、そしておば様からひとり息子の克己くんの耳に入ったのだろう。

つまり、克己くんは星和堂の御曹司なのだが。

「すごいよね。名刺の肩書がpresidentって。社長ってことだよね」

克己くんからもらったらしい名刺を、さやかが私に向かって差し出した。

【president 篠宮《しのみや》克己】と書かれてあるが社名は星和堂ではない、知らない会社だった。大学を卒業してから起業した、と聞いていたがそれは本当だったらしい。

「ねえ……」

「なに？」

「克己くん、どんなだった？」

ああ。どうして私は欠片も覚えていないのだろう。そして、一体どんな醜態《しゅうたい》を晒《さら》したのだろう、と恐々彼女に尋ねたら、またしてもにやっと嬉しそうに笑われた。

「すっごく、かっこよかった。感じも悪くなかった」

「そ、そっか……今もかっこいいんだ」

「もしかして昔好きだったとか？」

「……ちょっと」

正直に吐くと、やっぱりねというように彼女は二度三度頷いた。

「見ててわかった。あんたすっごい甘えてたし」

「嘘っ？　いや、でも、好きだったのは昔の話だからね！」

「ほんとに？」

それは本当のことだ。ここ数年は思い出すのも稀だったし、私にはちゃんと新田さんという恋人がいたのだから。

疑わし気なさやかの視線に反論しようとした時だった。胸ポケットに入れていたスマホが着信を知らせて鳴った。

「えっ！」

着信表示に出ている名前に驚いて、スマホを落としそうになる。

「か、克己くんだ……」

昨夜のことを聞くためにも、こちらから連絡しなければとは思っていたのだが、向こうからかけてきてくれるとは。

「ど、どうしよう！」

「どうしようって、早く出なよ！」

「だって久しぶりすぎてなに喋《しゃべ》ったらいいか」

「あんた昨日、散々泣いて絡んで甘えといて」

だってそれは酔ってたからで、綺麗さっぱり記憶もないし、私には久しぶり以外の第一声が浮かばない。

だけど、このままスルーしてて切れてしまうのも嫌で、一度大きく深呼吸すると思い切って画面をタップした。

「あ、あの……克己くん？」

電話の向こうはなにやらがやがやと話し声が聞こえていた。

恐々名前を呼ぶと、ふっと小さく笑ったような息の音が耳に届く。

《柚香》

柔らかな、優しい低音は私が覚えている声よりも、落ち着いたものだった。

当然だ、最後に声を聞いてもう何年も経っているのだ。

だけど。

「ひ、久しぶり……克己くん」

《……ふ。久しぶり》

少し間を置いて、笑い交じりの声が返ってくる。

ざあ、とさっきまで凪《な》いでいた風が吹く。

眩暈がしたのは、その声を聞いただけで時間がきゅるると遡《さかのぼ》ったような感覚に襲われたからだ。

《ってことはやっぱり覚えてないか》

くすくすと笑う声は以前よりもずっと大人びて、それでもやっぱり克己くんの声に違いなかった。

「ご、ごめん。酔っぱらってて覚えてなくて……あのね、昨日家まで送ってくれたのって」
《俺だよ。ごめん、こっちからかけといてなんだけど、実はあんまり時間がない。体調、大丈夫か？》
「あ、うん。大丈夫。ありがとう」
話をしながらも彼の背後ではずっと人の声や雑音が聞こえていて、なにかしながら話しているのだろう気配が伝わってくる。忙しいさなかに私の体調を心配してかけてくれたみたいだが、どうやらそれだけでもなかったらしい。
《ならよかった。今週の土曜、時間あるか？　会って話したい》
「えっ？」
《空いてる？》
重ねて聞かれ、スケジュールを思い起こす。
「空いてるけど……」
新田さんと、新居のカーテンを選びに行く予定だったのだが、それはもう私の役目じゃなくなった。ぽっかりと空いたスケジュールが、寂しさと虚しさを連れてくる。
《決まりな。夕方に迎えに行く》
克己くんの、まるで決定事項のような強引さに戸惑った。けれど、おかげで寂しさだけは少し和らいだ気がする。

《じゃあ》

「あっ！　ちょ、ちょっと待って、私聞きたいことが」

すぐさま切れてしまいそうな様子に慌てて引き留めた。

どうしても今聞いておきたいことがある。

「ウェディングドレス、知らない？　壁にかかってたのがなくなってるの」

大事なドレスの行方がわからないままなのだ。

もしかして、私がいない間に姉がなにかの理由でドレスを持っていったのかとも考えた。だけど、姉は私の家の鍵は持っていない。

やっぱり夕べ送ってくれた克己くんが知っているとしか思えなかったのだが、予想は的中した。

《ああ、そのこともちゃんと話すから。じゃあ》

「え、あっ……」

よほど忙しいのだろうか。本当に用件だけの電話であっさりと切れてしまい、呆然とスマホの画面を見下ろす。

「ウェディングドレスがどうしたの？」

「あ……うん。部屋に飾ってたんだけど、朝起きたらなくて」

不思議そうなさやかの質問に答えながら、私は腑《ふ》に落ちないながらも少しだけほっとした。克己くんが知っているなら、きっとドレスは無事なのだろうと、そう思えたからだった。

「え、どういうこと？」

「言葉のまま。なくなってたの。でも克己くんが知ってるみたいだから……あっ、さやか、もう時間！」

慌ててお弁当を片付けて、オフィスに戻ると、なにやら噂話をしていたメンバー数名が私の顔を見て慌てて笑顔を取り繕った。その様子に、ふっと溜め息がこぼれる。

「……気にしないのよ。柚香は被害者なんだし」

「うん」

ぽん、とさやかに肩を叩かれ、頷いた。

互いにデスクに座り、パソコンのマウスを動かすとスリープ状態で真っ暗になっていた画面にパスワード入力の窓が浮かんだ。いつもの数字を打ち込んでエンターキーを押す直前、画面の隅に新田さんと綾奈の姿が映り込む。私のデスクは、オフィスの出入り口に背を向ける形だからだ。

ふたりで昼休憩に出ていたのだろう。他のメンバーから、こそこそと非難の声が向けられる。

「……ちょっと、堂々としすぎよね」

「神経疑うわー……」

声を潜めていても、私の耳にもはっきりと届いた。

当然、あのふたりだって自分たちがなにを言われているか気付いているだろう。

昨日、新田さんが課長に破談と綾奈の妊娠のことを報告した。いずれわかることだと、腹をくってのことだと思う。

同僚たちには新田さんも式の中止だけを伝えたようだが、なんの説明もないことが余計に周囲の穿鑿《せんさく》を呼ぶことになった。

もとからどうやら綾奈と新田さんの仲を疑う噂が流れ始めていたらしい。すぐにそのふたつの件は結び付けられひとつの推測となって、たった一日で噂は広がってしまっていた。

はっきり言って、仕事がとてもやりづらい。

溜め息をつきながら、デスクの上の新商品の資料を手に取る。見た目もかわいらしいプチプラコスメ……綾奈の担当だった。

ふう……と深く息を吐き出す。心の中に溜まった嫌な感情を全部吐き出してしまいたかったのだ。だけど、そう簡単なものでもない。

資料を手に綾奈のデスクに近づくと、一気に視線が集まったような気がして、さらには彼女にも随分怯えた目を向けられた。

冗談じゃない、どうして私がそんな目で見られないといけないの。

「綾奈、これ。新商品のコスメ」

「えっ？」

「サイトの販売ページの作成頼める？　今は資料だけだけど、明日には多分現物が届くから、販促用の写真とキャッチフレーズをお願い」

資料を差し出しながらそう言うと、彼女はいつもより硬い表情ではあったけれど、

「わかりました」と受け取った。

仕事に支障は出したくないという考えは私と同じようで、助かったけれど。

やりにくいことに、まったく変わりはなく、もう何度目かわからない溜め息がこぼれた。

初恋の人

「お姉ちゃん、ごめんね。せっかくドレス作ってくれたのに」

《そんなのはいいのよ、馬鹿ね！　忘れなさい、もっといい男掴まえて、その時はもっといいドレス作ってあげるから！》

姉には、母経由だけではなく直接謝りたくて、私から連絡をした。本当は会いに行ければよかったのだが、姉もなかなか忙しい人で電話での報告となってしまう。いわくつきのドレスになったんだから、捨ててしまうか引き取りに行くと姉は言ってくれたけれど、それは断った。

ドレスは克己くんのもとにあるし、捨てるなんてもってのほかだ。確かにいわくつきになってしまったけれど、だったらなおさら大事にしまっておこうと思う。

姉との通話を切って、私は落ち着きなく次の連絡を待っていた。

今日は土曜、克己くんとの約束の日だから。

そろそろかな、と思った頃、スマホが短く振動して、メッセージが表示される。

【着いた。出てこれる？】

【すぐ出るね】と返信をして、グレーの厚めのニットカーディガンを羽織った。

少し悩んだコーディネートは、気取りすぎないように、それでも手持ちの服の中では大人っぽく見えるものを選んだ。

黒のリブパンツに、カーディガンの中は白のトップス、足元はシルバーのパンプス。それから、グレーのコートを羽織る。

酔い潰れた日に会ってはいても、まったく覚えていないので私にとっては数年ぶりの再会でしかない。

記憶にあるのは、高校生の頃の面影だけで、もうずっと過去の想い出の人だけれど、やっぱり初恋というのは特別だ。引きずっているわけでなくても、少しは見栄を張りたかった。

克己くんは、どんなだろう。高校生の頃から少し大人びた雰囲気を持っていたけれど、今はさらに落ち着いているのだろうか。

ちょっとしたワクワクとドキドキを胸に抱えて階段を駆け下り、マンションのエントランスを出てすぐのことだった。

白のセダンのそばに、ダークスーツのすらりとした長身が見える。すぐに彼だとわかった。

「克己くん！」

小走りで駆け寄り、距離が縮まるほどに身長差を実感する。百八十センチは間違いなくあるように感じた。

以前なら、腕に絡みつく勢いで懐きに行っていたのに、なんだか緊張してしまって、数歩の間隔を空けて立ち止まる。

はあ、と弾む息を整えて、克己くんを見上げた。

彫りの深い整った目鼻立ちに、微笑む口元は柔和な雰囲気を漂わせる。切れ長の目の中央、黒く輝く瞳は昔のままだが、以前は茶色に染めていた髪は、瞳と同じく艶を宿した黒色になっていた。

昔の面影はあるものの、記憶の中のまだ幼さの残る表情とは違う。大人の落ち着きを備えた男の人になっていて、あと一歩が踏み出せない。

だけど、名前を呼ばれた瞬間だった。

「柚香」

ふわ、とほころぶ微笑みは優しい。

途端に学生の頃の懐かしさが押し寄せて、緊張を上回った。

「克己くん！　久しぶり！」

顔を合わせるのは十年ぶりだ、と思えば、心が高揚して涙が滲んだ。

「久しぶりじゃないって。こないだ会ったの本当に覚えてないんだな」

「あ」

克己くんの顔が、くしゃっと苦笑いに変わる。

そうでした、と私は改めて背筋を伸ばし腰を折った。

「ごめんなさい。迷惑かけちゃって」

「いいけど。酒飲んでる柚香が新鮮だった」

「私だってとっくに社会人だしお酒くらい飲むよ」

「当たり前なんだけど、違和感がすげえよ」

しみじみと、疎遠になっていたこの数年の長さを思うような相槌《あいづち》だった。

その表情が少しせつなげで、私の心の奥をくすぐる。

「いつまでも子供じゃないもん。あのね、それより聞きたいことがあって」

その視線に見つめられているとなんだか落ち着かなくて、焦って先日のことへ話題を切り替えた。事実、今日はそれが目的だ。すっぽり抜けている記憶の穴を埋めることと、ウェディングドレスの行方を聞きたかった。

「ああ、ちゃんと話すし、俺も聞きたいことがある。乗って」

彼の目が怒りを湛《たた》えたような鋭いものになる。長く離れていても、子供の頃からの付き合いだ、彼がなにかに怒っているのはすぐにわかった。

「克己くん？」

戸惑いながら名前を呼んでしまう。

だけど次の瞬間には、彼はぱっとまた柔らかい微笑みに変わり、車の助手席のドアを開けてくれた。

さやかから聞いた話によると、彼が到着した時には私はすっかり酩酊《めいてい》状態だったらしい。時刻はすでに十一時になろうとしていて、さやかは同棲中の彼が気になり仕方なく先に帰ったそうだ。

問題は、その後だ。克己くんに送ってもらって、どういう流れで朝のあの状態になったのか。

いや、聞きたくないような気もする。

あの朝起きた時の違和感は、ドレスだけではなかった。覚えがないのにきっちりパジャマに着替えていたことだとか、いつもと違う畳み方の服だとか。

どうか、克己くんの前で醜態を晒したのではありませんように、と祈るような気持ちだったのだが……祈りは懺悔《ざんげ》に変わった。

克己くんに連れてこられたのは古風な店構えの大人っぽい小料理屋で、奥の座敷にふたり向かい合わせに座る。私は両手で顔を隠して、テーブルに突っ伏していた。

「……もうちょっと飲み方考えないとな。子供じゃないなら」

わざとらしく、ちょっと棘《とげ》のある言い方に、顔を上げられないまま言葉に詰まる。

克己くんから聞いたあの日の経緯は祈り虚しく、ひどいものだった。

結論。

服は全部、自分で脱いで着替えたらしい。克己くんの目の前で。

私が脱ぎ散らかした服を、畳んだのは克己くんだ。畳み方に違和感があって当然のことだった。

「女なんだから。前後不覚になるほど酔うものじゃないよ、危ないだろ」

「ごめんなさい」

私は彼に下着姿を晒してしまったのだろうか、それともそこは目を逸らしてくれたのだろうか。

気になって仕方がないが、彼の方からそのことに触れることはなく、私からも怖くてとても聞けたものじゃない。

真っ赤になって肩を竦《すく》め小さくなっていると、ふっと笑った気配を感じた。

顔を上げれば、優しく目を細めて彼が私を見つめている。

「今日は飲みすぎるなよ」

「あっ、の、飲まない、今日はやめとく」

そんな目で見られると、さすがにちょっと狼狽《うろた》えてしまう。

「別にちょっとくらいはいいよ、送ってやるし。だからほら、話せ」

「えっ？」

私が聞きたいことがあって、今日会ったはずなのに。

逆に話せと言われてきょとんとしていると、彼が私のグラスにビールを注ぐ。

多少はアルコールが入った方が舌も滑るだろうと、そういう意図なのだろう。

「なにがあったんだよ？　こんな間際になって破談なんて普通ありえない。大体のことは聞いたけど、ちゃんと柚香の口から聞いてやりたかった」

不意打ちで食らった優しさだった。じんと瞼が熱くなる。

なにから話すべきか、考えている間にも涙が滲みそうだった。それでもどうにか、口を開く。

「……あのね」

一度話し出せば、もう止まらない。私はあの日の修羅場のことと、その後の会社での状況を、時折感情的になりながら克己くんに話していた。

和気あいあいとして、人間関係は悪くないと思っていた職場の空気は、今は最悪なものに変わっている。新田さんと綾奈への陰口は続いているし、人によってはあからさまに冷たい態度を取っていた。

特に新田さんには、上司からの風当たりもきつい。同情するわけではないけれど、目の当たりにするのはつらいとこぼすと、克己くんは語気を強めて言った。

「んなもん、自業自得だろ。お前が気に病むことじゃねえよ」

眉をひそめ、目つきは冷ややかに見えるほど鋭くなる。

ここまで怒った顔を見るのは初めてで、私は首を竦めてしまった。

「それは、そうなんだけど……相手、妊娠してるから、ストレスとかまずいじゃない、多分」

「お前どんだけお人よしなんだよ」

呆れた、とでも言いたげに、彼は目を見開いた。

「そりゃ、私だって顔見たら腹立つよ⁉　腹は立つ、けどさ」

だからといって、お腹の赤ちゃんのことを思うと、どうしても自業自得では片付けられない。ざまあみろ、とも思えなかった。

それに、周囲の私に対する接し方も、居心地が悪い。まるで腫れ物に触るかのような扱いをする。

そのくせ私を含めたこの愛憎劇の噂話はやむことはない。本当に同情してくれているのなら、こそこそと噂話なんてしないでほしいと思ってしまう。

社内恋愛というのは、こじれるとこんなに大変なことになるのか、と身をもって実感中だ。

「とにかく、本当に結婚してしまう前でよかった。そんなクズのために人生棒に振るな」

「うん……」

克己くんは、本気で怒っているようだった。

別に私だってのほほんとしているわけじゃあない。本当なら、新田さんと綾奈を目の前にしたあのカフェで、泣きわめいてしまいたかった。ぶつけそこなった怒りと裏切られた痛みは、今も鈍く胸を蝕《むしば》んでいる。

彼が私の目の前で綾奈を気遣ったことで、感情をぶつけるよりもその場を逃げ出すことを選んでしまったのだ。ふたりの姿を視界に映し続けることが、できなかった。

だけど、さやかも克己くんも、まるで自分のことのように怒ってくれている。

それがいくらか、私の心を楽にした。

「ありがと、克己くん」

「なにが」

「私のことでこんなに怒ってくれるとは思わなかったから」

何年も会っていなかったら、ほぼ他人のようなものだと思っていた。

私にとっては彼は初恋の人だから少し特別だけれど、彼からすれば私は単なる幼馴染にすぎないはずだ。

だけどそうじゃなかった。

「当たり前だ。俺にとったら大事な〝妹〟なんだよ、お前は」

うる、と涙が膜を張った。

「あ、ありがと」

きっと、昔から私は〝妹〟だったんだろう。

初恋の痛みをちくりと胸が思い出したけれど、それ以上に嬉しかったのだ。何年も離れていても、私のことを家族のように思ってくれていることが、嬉しかった。

「俺よりうちの母親の方がすげえ剣幕。〝柚香ちゃんにはもっといい人がいるはずだ〟って」

「あはは。だといいけど」

涙ぐんで俯く私の頭に、優しく克己くんの手が触れた。優しい手に、ぽん、ぽんと宥《なだ》められて余計に泣けてくる。

「さっさと忘れろ、そんな最低な男のことは」

「……ねえ、もしかして、だからドレス隠したの？」

なんとなく、彼がドレスの行方を知ってると聞いてから、そんなような気がしていた。

「あんなもんがあったら、いつまでも忘れられないだろ」

「起きたらなかったから、びっくりした」

「悪かった。けど、返さない。今のお前見てたら、返せない」

彼は真剣な目で私を見つめ、そう言った。

あの時は確かにびっくりしたけれど、私も今となってはこれでよかったと思っている。でなければ、私はあのワンルームマンションの狭い空間に、苦い想いを抱えてドレスと一緒に閉じ込められていたのだから。

そんな状態では、忘れようにも忘れられるわけがない。だからきっと、今はこれがベストなんだろう。

「……でも、あれお姉ちゃんが作ってくれた大事なものなの。だから、私が忘れられるまで預かっててください」

そう言うと、彼は複雑そうにだけれど頷いた。


それからどれぐらいの間、話していただろうか。小料理屋を出ると外はすっかり夜の装いで、再び克己くんの車に乗り、家まで送ってもらった。

さっきは再会の感動でろくに見ていなかったけれど、すごく高級そうな車で、よくよくエンブレムを見ればＢＭＷだった。なんだか、助手席に座るのも恐縮してしまう。

「今日はありがとう、克己くん。おかげで少しすっきりした」

もうすぐ着くという頃、運転席の横顔にそう声をかけ、笑ってみせた。

心配ばかりかけていてもいけないのだ。

「これで明日も頑張れる」

「明日？　休みだろ？」

「そうだけど、新しい部屋探さないといけないの。今のところ、来月までに出る予定になってたから急がないと」

社宅ならすぐに入れないかと、実は総務に相談もしてみたのだが、今は空いてないという話だった。空き部屋には四月からの新入社員が入室予定だという。

「ああ、そうか。来月から新居に移るつもりで？」

また、克己くんの顔が苦虫を噛み潰したように歪んだ。

「こないだからネットで探してるんだけど、この時期って四月からひとり暮らしを始める新入生、新入社員が多いからかな。いいとこは空いてなくて」

「だろうな」

「出てくるのは、広いけどひとり暮らしには高すぎるとか駅から遠すぎるとかばっかりなの。明日は不動産屋に直接当たってみようと思ってるんだけど……」

「退去の予定になってたことは男もわかってんだろ。向こうからなにか言ってくることはないのか」

「ないよ。多分自分のことで精一杯だと思う」

赤ちゃんができたから花嫁交代です、なんて、体裁が悪いのはむしろあちらの方だ。私のことなんて考えている余裕もないだろう。

「ていうか、アパート探し手伝うとか言われても頼る気にはなれないし」

「当たり前だ。言われても無視しろよ」

「わかってる。って、なにか言ってこないのかって言ったの克己くんなのに」

きっと新田さんが私の心配をしてきたとしても、どっちにしろ克己くんは怒りそうだ。

憮然《ぶぜん》とした横顔を見ていると、車窓の景色が静止し、彼がきゅっとサイドブレーキを引く。気付けば、私のマンションの前に着いていた。

「向こうはそれくらい言ってきて当たり前。それを受けるかどうかは別の話だ」

言いながら、彼がスーツの内側に手を入れる。名刺入れを取り出すとそこから一枚引き抜いて、裏になにかを書き足した。

「住むとこ見つからなかったら言えよ。部屋くらい用意できるし、仕事辞めるならうちで働いてもいい」

「え、辞めるって私が？」

「居心地悪いんだろ。男の方は辞めないだろうしな」

差し出された名刺を手に取る。

さやかが渡されたものと同じで、会社の住所や連絡先が印刷されている。裏側を見ると、綺麗な直筆でまた別の住所が書いてあった。

「それ、俺の住所。伝えとくけど、連絡くれたら迎えに来る」

「えっ、遊びに行ってもいいってこと？」

驚いて顔を上げる。

だって、ひとり暮らしの部屋に幼馴染とはいえ一応女の私を入れていいのだろうか。

彼女とかいたら絶対嫌がると思うし、さすがにそれは遠慮したい。

だけど、克己くんは私が戸惑う理由がわからないのか、不思議そうな顔をしていた。

「当たり前だろ。遊びに来てもいいし、今日みたいに愚痴りに来てもいい」

「でも彼女とか怒るよ」

いないはずはないよね。そう思うくらい克己くんは〝初恋フィルター〟を取り除いて見たとしてもかっこいい。たとえ今はいなくても、すぐにできるだろうと確信してしまうのだが、克己くんは笑って肩を竦めて言った。

「今はいない」

「そうなの？　でも」

「もしいても、恋人と妹は別だろ」

ちく、と痛みを感じたのは。

ただの初恋の名残、それだけに違いない。

現実が押し寄せる

いつでも頼っていい、とは言ってくれたけれど、もちろんそんなわけにはいかない。

そう思い、克己くんと会った翌日の日曜、私は気合いを入れて朝から不動産屋を三軒も回ったが、いい物件は見当たらなかった。

通勤に不便すぎる場所だったり、ファミリー用の間取りで家賃が割高だったり、ネットで調べたのと似たようなものばかり。

のんびりとはしていられない、とにかく早く見つけなければと思ったのだが、間に合わせで決めてしまうほどお金に余裕はない。

結局新しい部屋は見つからず、先行きへの不安をなにひとつ解消できないまま月曜を迎え、また一週間が過ぎようとしている。

新商品のボディクリームの販促ページ作成のため、イメージ画像を撮らなければならず、私は渋々新田さんに声をかけた。

「新田さん、物撮りお願いします」

「あー、わかった。すぐ行く」

新田さんは学生の頃にカメラを趣味にしていたので、商品撮影はほぼ彼の仕事になっていた。プロのカメラマンにお願いできればいいのだが、うちみたいな小さな会社では少しでも経費を削減しなければいけないのが現実だ。

いつも撮影に使う部屋で、白いテーブルの上に商品と演出用小物をいくつか並べ、ライトの位置を調節する。

準備を終えた直後、コン、とノックの音がした。振り向くと、新田さんがすでにドアを開けて入ってきたところだった。

「よろしくお願いします」

個室でしばらくふたりきりだ。

どちらも淡々とした声と言葉で、仕事は静かに進む。

商品は薔薇のボディクリームで、ダマスクローズオイルがたっぷり使用されている。ピンク色のボトルは、上部の金色のキャップが薔薇の花を象《かたど》られていて、かわいらしさも残しつつも豪奢《ごうしゃ》なイメージだった。

小物のリボンやシフォンの布、薔薇の造花などで商品を演出し、しばらくはシャッター音だけが部屋に響いていた。

薔薇のボディクリームなんて華やかな商品画像を、こんな鬱々《うつうつ》とした気詰まりな空気で撮るようなこと、いつもなら絶対ない。

商品の演出って、その時の気分が大事だったりする。かわいい女の子をイメージさせるものは、やっぱり幸せな気分で撮影したいもので。

今の私たちは、その対極に位置している。

「柚香」

新田さんが、カメラを構えたまま、ぼそっと、小さな声で私を呼んだ。その声が、仕事とは無関係なことを話したがっているように感じて私は返事をしなかったのに、彼は構わず続けた。

「ごめんな」

その謝罪を、私はどう受け取ればいいのだろうか。

いいよ、って、笑って許して『お幸せに』って言ってほしいのだろうか。

「……謝られても困る」

全部今さら、どうしようもないことだ。

パシャ、パシャ、とシャッター音が二度続いた後、カメラの液晶画面で画像を確認しながら新田さんは話を続ける。

「……俺、こんなつもりじゃなかったんだよ」

そう言うと、またカメラを構えてシャッターを切る。

なにも話す気にならず、私は返事をしなかったのだけれど、彼はやめる気配はない。

「お前とちゃんと、結婚するつもりだった」

「……やめて」

聞いていられないし、こんな話を他の誰かに聞かれたら、それこそ噂が今以上に盛り上がる。

「そんな話聞いても信じられないし、結婚寸前で浮気してたことには変わりないじゃない」

「……確かに、浮気だけど。ちゃんとするつもりだったんだよ、結婚したらちゃんと彼女とは終わりに」

「やめてってば！」

込み上げてくる怒りの感情に耐えきれなくなり声を荒らげた。そして慌てて口元を覆う。大きな声での口論は、廊下に聞こえてしまう。

深呼吸をして、息を整えた。

今の言葉をもしも誰かに聞かれていたら、と思うと血の気が下がった。

あまりにもひどい。それでは、綾奈とは本当に遊びで関係を持っていたってこと？

綾奈はどういうつもりでいたんだろう。

わからないけれど、これから子供が生まれるというのに、もしも新田さんのこの言葉を聞いたらきっと普通ではいられなくなる。

「……そのセリフ、二度と口にしないでください」

「ほんとなんだ。俺は柚香と」

「それを聞いて幸せになる人は誰もいません」

もう彼女のお腹には子供がいて、その事実は変えられないのに。

これから父親になる人の口から聞きたくなかった。

新田さんからの返事はない。彼は黙ったまま、かち、かち、と液晶画面の画像を送り続けていたけれど、しばらくしてからもう一度謝罪の言葉を口にする。

「どうにもならないことはわかってる。ただ、謝りたかっただけだ」

ふ、と溜め息をついてから顔を上げ、私を見た目はなぜか、責めるようなものだった。

「……お前があんまりあっさり引き下がるから。罵倒し足りないんじゃないかと思っただけ」

吐き捨てるようにそう言うと、彼は再びカメラを構えてシャッターを切る。

その音を呆然と聞きながら、私は立ち尽くしていた。

「……私があっさり引き下がるから？」

――パシャ、パシャ。

「もっと、縋《すが》りついてればよかったの？」

「そこまでは言わないけどな。お前泣きもしなかったなと思って」

泣いて縋ったからといって、どうにもならないことをわかってて、彼女の背中を撫でて労わるこの人に、なりふり構わず醜態を晒してほしかったってこと？

私がちっともつらそうに見えないから、悔しいってこと？

「そうしたってなにも変わらないじゃない」

「わかっててても抑えられないのが感情ってもんだろ」

ぎゅっと拳を握りしめた。

そうでもしなければこの人の前で泣いてしまいそうで、奥歯も噛みしめる。

決して、この人の望むような涙ではない。

悔しさと憤りと、虚しさの涙だ。

「……失礼します。後ほど、撮影画像確認させてください」

震える声をなんとか絞り出す。返事を聞かないまま、構わず部屋を飛び出した。

新田さんの仕事に間違いはないとそこは信じているから、ちゃんと商品をかわいらしく魅せる画像が仕上がってくるはずだ。

早足で廊下を歩き、隠れる場所を探してトイレに逃げ込む。

ねえ、新田さん。あなたの前では泣けなかっただけで、たくさん泣いたんだよ、私。なのに、まるで私に心がなかったみたいに言うのはひどい。

個室で声を殺して、十分ほど泣いただろうか。多少発散できたのか、胸が締め付けられるような苦しさが少し楽になって、なんとか涙も止まった。そうすると冷静さも戻る。

……早く仕事に戻らないと。

いつまでもオフィスにいなければ、変に思われてしまう。

深呼吸をして、トイレ内に人の話し声や物音がしないことを確かめ、恐る恐る個室を出る。

洗面所で手を洗って、ふと顔を上げた時、鏡に映った自分の顔色の悪さに驚いた。

「……ひどい顔」

憔悴《しょうすい》しきった自分の顔が、この数週間でひどく老けたような気がした。

弱り目に祟《たた》り目、という。

決まらない住処、それだけでなく、新田さんと不毛な口論をした後のこれ以上ない気まずさに、私の精神は追い詰められる。

いつまでも不安が拭えず疲弊していたところに、急に人事に呼び出された。

「え……自主退職？」

人事部の小さなミーティングルームで、人のよさそうな人事部のおじさんが申し訳なさそうに眉尻を下げている。

人件費削減という施策実施に伴い、自主退職者を募っているのだという。

おそらくは、経営状況があまりよくないのだろうと、それくらいの察しはつく。

けれど、なぜ私に白羽の矢が立ったのか。

「な、なんで私なんですか」

衝撃で声が震えた。

「いや、君だけじゃないんだよ。何人かピックアップしてこちらから順に声をかけているだけで、うん、絶対ということじゃない」

「だから、どうして私……」

いくらなんでも、ひどくないだろうか。寿退社を勧められるというならまだわかる。

だけど、結婚が破談になったことは当然人事も把握しているはずなのに。

「私、働き口がなくなるのは困ります」

「もちろん、再就職先はできる限り斡旋《あっせん》することになってるよ。それに、退職金も今なら少し上乗せされることになってて、計算式があるんだけどね……」

ぴらぴら、と資料を二枚渡されて、見ればこれまでの積み立ての年数や金額と計算式が二パターン書かれていた。片方は定年まで勤めた場合で、あと一方は今自主退職した場合らしい。

それを指差しながら、勤めた年数を考えれば現時点で自主退職する方がお得だ、というようなことを丁寧に説明してくれている。だけど、ちっとも頭に入ってこない。

「……どうして私なんですか。私、真面目に働いてきたつもりです」

涙が込み上げそうになり、どうにか抑えた。

それでもショックは隠せない。自分が候補者に挙げられたということは、つまり会社にとって不要な人材だと言われたも同じなのだから。

遅刻もしたことないし、欠勤したのもインフルエンザにかかった時だけだ。なのにどうして、という気持ちが拭えない。能力がないとみなされてしまったのだろうか。

この人を責めても仕方ないことはわかっている。だけど今他に、ぶつけられる場所がない。

彼も、私で何人目かは知らないがずっと同じ交渉をしてきて、私のような反応には もう慣れているのだろう。はあ、と重い溜め息をつく。それから眉を八の字にして、眼鏡の縁をくいっと持ち上げた。

「……君が悪いんじゃないよ。だけど会社は退職者を募らなければならない。長く勤めてくれて再就職のできる年齢じゃない者を挙げるのは酷だし、家庭を持つ男性社員も同じだ。君は最初から候補に入っててね……その、結婚の予定があっただろう」

「それは……！　でも、なくなってしまいましたし」

つまり、結婚退職を促す予定で私は候補に挙がっていたのだ。だけど、その話はなくなったとわかっているのに、どうしてまだ私は外してもらえないのだろう。

「君なら、再就職の可能性もあるし……その、新田くんといつまでも同じ部署で働くのは、無理があるだろう。部署の空気も微妙なままだと聞いてるしね」

新田さんと同じ部署ではオフィスの環境に支障が出る、ということだ。新田さんに退職や異動を勧めるよりも、私の方が辞めさせやすいのだろう。

理屈はわかる。わかるけれど……すごく悔しくて、そして次に虚しさが込み上げた。

浮気をされて捨てられたのは私の方なのに、どうして会社にまで切り捨てられないといけないのか。

愕然《がくぜん》とした私の表情から、言いたいことは伝わったのだろう。

人事の人が、気まずそうに、小さな声で囁いた。

「戸田綾奈さんにも、同じように退職を勧める予定です。彼女は出産予定もありますし」

本来なら洩《も》らしてはいけない情報なのだろうと思う。それを教えてくれたのは、ちょっとでも私の気が晴れるようにと同情してくれたのかもしれない。

私は結局、断ることも受け入れることもできず、その場を後にした。


人事と話した後は、オフィスに戻っても仕事になったのかどうか、怪しい。

駅から家までの道のりで、なにかし忘れた仕事はなかったか心配になったが、もういいかと投げやりな気持ちにもなっていた。

帰宅し、コンビニで買ってきたサラダと野菜ジュースのパックが入った袋をローテーブルの上に置くと、へたり込む。

食欲がなく、自炊する気力も起きなくて、それでもなにか食べなければと帰り道に立ち寄ったコンビニで、目についたものを無理矢理買ったのだ。

しかし結局、それを開ける気にはなれなくて、私は仕事用のトートバッグからクリアファイルを取り出した。中には、今日人事からもらった書類が挟まれている。

書類を見つめながら、私は自分の中からどんどん気力が抜けていくのがわかった。

人事から戻った私の様子がおかしいことに気が付いたのか、さやかが心配してくれたけれど、さすがに相談することはできなかった。

きっと怒ってくれるに決まってる。けれど、相談したところで状況が変わるわけではないし、そんな心配だけかけるのも申し訳なかった。

私が考えて答えを出してから、報告すべきことだろう。

「……辞めた方がいいのかな」

再就職先の斡旋はしてくれるみたいだった。そんな上手くいくものかどうかもわからないけれど。

今の職場で働き続けることにも、新しい職場を探すことにも、今は前向きになれずにいた。だけど、働かなくては食べていけない。

住むところもなくなることだし、社宅か住み込みで働ける仕事を探そうか。

……それか一度、実家に帰るのもいいかもしれない。

この仕事を頑張っていきたいと思っていた。けれど、望まれていない状況で、オフィスのあの気まずい空気の中で、この先も新田さんと顔を合わせるのはまずい気がする。こんな人間関係では、仕事に支障が出るに決まっている。もしかしたら、私が異動という形になるかもしれないが、それにしたって釈然としない。

今なら少し、退職金の上乗せがある。

そうしてでも人件費を削り、長期目線で会社の存続を図っているのだろう。

なら、実家に戻って、そこからまた新しい職場を探すのが一番、無難かもしれない。

結婚が破談になり両親も心配している。

「……相談、してみようかな」

事情を話せばきっと、すぐに帰ってきなさいと言われそうだ。だから、ある程度退職の決意を固めてからの相談でなければ、ややこしいことになる。

退職金計算式の書類を見つめ、悩みながらスマホを手に取った。

そんな見事なタイミングで着信音が鳴り、驚いて画面を見れば母からだった。

ほんとになんてタイムリーなんだ。

「もしもし、お母さん？」

通話に応じながらも、相談すべきかどうかはまだ迷っていた。

《柚香？　あんた大丈夫？　あれから全然連絡ないから心配してたのよ》

「あ……ごめん。なんか色々、忙しくって」

そういえば、破談になったと連絡をしたきりだった。ずっと心配してくれていたのだろうと思うと、申し訳ない。

《まあ、大変だろうなとは思ってたから。でも声が聞けてよかったわ。親戚にはお母さんから説明しといたから、落ち着いたら柚香からもちゃんとご挨拶しとくのよ》

それは本当にありがたかった。精神的に参っているこの時に、親戚に一軒一軒説明の電話をして回らなければいけないのは、つらい。

「……ありがと。心配かけてごめんね」

《仕事は大丈夫なの？　新田さんと同じ部署なんでしょ。つらい思いしてない？》

母の優しい言葉に、目頭が熱くなる。

どうしよう、本当に甘えてしまいたくなる。

《無理しないで、仕事やめてもいいじゃないの。もしよかったら一度こっちに帰ってきなさい。実家にいてまた一からやり直してもいいんだから。ね？》

「うん……」

受け入れてくれる場所がある。

そう思えただけで、少し気持ちが落ち着いた。

悩んで悩んで、どうにもならなかったら実家に帰ろう、そう思いかけた時だった。

《……実はね、あんたはまだそんな気にはなれないって言うかもしれないけど、ちょっと会ってみてほしい人がいるのよ》

母が、どこか言いづらそうに私の機嫌を窺うような声で言う。

……は？と、頭の中が真っ白になった。

「え……え？　意味わからないんだけど……」

《別にね、すぐにどうこうってことじゃなくて。柚香ちゃんならぜひって言ってくれてる人がいるのよ。つらい思いしてすぐにそんな気になれないのはわかるんだけど》

「あ、当たり前だよ！　それってお見合いでしょ⁉」

破談になってまだ一カ月も経たないのに？

ついさっきまで私を気遣ってくれていた母が、急に信じられなくなった。

声を荒らげた私に、母は慌てて取り繕う。

《だから、お見合いなんてそんな堅苦しいものじゃないのよ！　とりあえず一度帰ってらっしゃい》

基本、母は優しくて気遣いのできる人だ。だからこそ、この時の強引な物言いは、後から考えれば不自然ではあったのだけれど、頭に血が上ってしまってそこまで気が回らなかった。

帰ってらっしゃい、って。お見合いさせられるとわかってて、帰るわけがない。

《それにね、その人、柚香も……》

「そんなほいほい帰れないから！」

怒りと、溜まりに溜まったストレスもあったのか、私は感情に任せて声を荒らげ、なにか言いかけた母の言葉を遮った。

「今の職場じゃなくても働き口のあてはあるからもう心配しないで！」

心配してくれてるのは本当のことだから、もうちょっと優しい言い方をすればよかっただろうか。

ちらりとそう思ったけれど、私はそのまま通話を切ってしまった。

「よりによってこんな時に、見合い話なんて持ってくる!?」

溜まったフラストレーションをどうにもできず、目についたクッションをベッドに投げてぶつけた。そして物に当たってしまった自分に嫌気がさして、二度目に振り上げたクッションを手にしたまま止まる。それから、ゆるゆると手の力が抜け、床に落とした。

どうしよう。

今の職場でやっていく気力は萎《な》えた。次の住む場所を探さなくてはいけないが、見つからない。就職活動もしなければいけない。実家に帰ろうにも、お見合いをさせられるくらいなら、自力でどうにか踏ん張りたい。

ああ……でも。

「……だめだ。頭働かない」

キャパオーバーだ。

この状態でなにをどう考えたところでいい案など浮かばない気がする。

そもそもいい案なんてあるのかな？

再び鳴り始めたスマホを見る気も起きず、床に放置した。きっと母に決まっているからだ。

寝よう。今日はもう、寝てしまおう。

なにもかもに気力を失った私は、その夜食事もとらず服も着たまま、ベッドに潜り込んで耳を塞いだ。目もつぶった。

明日、早く起きてシャワーを浴びて、そしたら気持ちを切り替えよう。

今日だけ、今だけ。

ちょっとだけ、くじけさせてほしい。

差し伸べられる手

「柚香？　あんた大丈夫？」

翌日、出勤した私の顔色を見て心配したさやかが声をかけてくれた。

「あー、大丈夫。ちょっと寝不足なだけだから」

そう、結局うつらうつらとしか眠れなかったのだ。

朝目覚めても重い身体を、シャワーで無理矢理起こし、パンを詰め込むようにして飲み込んだ。食べなければ余計に身体がもたないと思ったからだが、正直食欲もない。

パソコンを起ち上げると、共有フォルダに覚えのない画像が入っていた。

開くと、それは先日新田さんに撮ってもらったボディクリームの画像だった。

マウスをクリックして、一枚一枚確認する。

……やっぱり、上手だなあ。商品をかわいらしく、上品に見せている。

もちろん写真だけではなく、仕事のできる人だけれど。

会社としては、私よりも新田さんにこの部署に残ってほしいと思うのは当然だろう。

だけど、自業自得とはいえ、今、部署内で彼に対する風当たりはキツい。

ひとつひとつ、画像を確認するためクリックし続ける。かち、かち、とその音が鳴るたび、私はひとつの結論への覚悟を決めているような気分だった。

たび重なる問題に、心底疲れていたのもある。これで全部解決、のはずはないけれど……とにかくなにかひとつ問題を終わらせたかった。


定時少し前に人事部に顔を出して話をしていたため、遅くなってしまった。

ビルを出て、駅まで歩こうとした時だ。

「柚香!」

「え?」

突然名前を呼ばれ、俯かせていた顔を上げる。

「……克己くん?」

そこにはスーツ姿で立っている克己くんがいた。

背が高い上に、整った顔を不機嫌に歪めた様子はやけに迫力があり、周囲の視線を集めてしまっている。私に向かって大股で歩いてくる間も、あんまり怖い顔をしているので身構えてしまった。

「え、どうしたの急に……びっくりした」

どうしてそんな怖い顔をしてるのだろうか、意味がわからずに立ち尽くす。

彼はあっという間に近づいて私の肩を掴んだ。

「どうした、じゃないだろ。昨日からずっと連絡してるのに繋がらないし折り返しもない」

「えっ？」

驚いて、慌ててバッグからスマホを引っ張り出す。昨夜、そういえば何度か電話が鳴っていたけれど、母からに違いないと思い見てもいなかったのだ。

確認すれば、確かに、母からの着信もあったけれど、克己くんからのものも交じっていた。メッセージも受信していて、私を心配する言葉が並んでいる。

「……ごめん。見てなかった」

「それだけならいいんだけど……そうじゃないだろ」

こうして会社に来ていてスマホが見られない状況にいるわけじゃないのに、一度もチェックしていないのは不自然すぎる。彼の指摘は、至極当然だった。

「ごめん」ともう一度口にして、それ以降言葉に詰まった私の頬に克己くんの手が触れる。

驚いて顔を上げた。

克己くんは相変わらず眉を寄せたままだけれど、よく見ればそれは怒っているのじゃなくて、心配してくれているのだと伝わってくる。

「なにがあった？　顔色も悪いし、普通じゃない」

そこで私は、我慢していた涙を抑えきれなくなった。

「柚香？」

涙で歪んだ視界でも、克己くんが戸惑っているのがわかる。

こんな風にここで泣いて頼ってしまったら、克己くんに迷惑をかけてしまう。

「ごめ……大丈夫。また連絡するから」

手で涙を拭って、離れようとしたけれど、彼はがしっと私の腕を掴んで離さなかった。

「そんな顔で帰せるわけないだろ」

そう言った彼の顔は、まだ怖い。

ぐいっとそのまま腕を引かれ歩かされると、すぐそこに克己くんの車が停まっていた。

「ちょっ、克己くんっ？」

助手席のドアを開け、頭を押さえられて無理矢理押し込められてしまう。

ほどなくして運転席に彼が乗り込んできて、じろっと横目で睨まれた。

……あれ？

びくついて、肩を竦める。

怖い顔だったのは心配してくれているからなのだと、さっきは思えた。でも今の顔は、やっぱり怒っているように見えてしまう。

「……俺、言わなかったか」

「えっ？」

「どうしてなにも言ってこない？　なにかあれば俺に頼れって言ったはずだけど」

低い声に、嗚咽も止まった。

そんな私からふいっと目を逸らし、どこに行くのかも言わないまま、彼は車を走らせた。


ほどなくして着いたのは、車の中からでは何階まであるのかとてもじゃないが窺えないほどの高層マンションだった。

まるでホテルみたいなエントランスを通り過ぎ、緩やかな坂を下って地下の駐車場に車が停まり、私は呆然としたまま手を引かれてエレベーターに乗せられる。

で、連れてこられた部屋のあまりのゴージャスさに呆然と立ち尽くしていた。

広々としたリビングは、天井も高くて開放感が半端ない。そんなことを意識しなくても充分な広さがあるのに、だ。

リビングの左角を中心に大きなガラス窓になっていて、前方と左側と二面で夜景が楽しめるようになっている。

「どうした？　ぼーっとしてないで座れよ」

「えっ！　はいっ！」

家主なのだから当然なのだけれど、この部屋の雰囲気に違和感なく溶け込んでいる克己くんにそう言われて、声が裏返ってしまった。

おそらく座れとは、この白い革張りのふかふかのソファのことだろう。

そこにちょこんとお尻を預けて、ぴんと背筋を伸ばしてしまう私はきっと、この部屋には浮いている。

克己くんはキッチンに入り、しばらくするとカップをふたつ持ってリビングに戻ってきた。そうして、相変わらずお行儀よく固まっている私にくすっと苦笑いをする。

「なんでそんなに緊張してんの」

「だって、すごいマンションなんだもん。びっくりした」

思えば、克己くんの実家も大きなお家だった。

高級住宅街にありながらガーデニングも楽しめるくらいの広い庭のある一戸建てで、あの辺りでは一番の大きさだったと思う。

改めて、住む世界の違う人なんだなあと思い出した。

母同士が仲がよかったからあんまりそんな感覚はなかったけれど。

「そんなに稼いじゃいないんだけどな。社長なんだから、それなりのところに住まないとかっこがつかないって、副社長がさ」

「副社長？」

「大学の同期。一緒に会社起こしたヤツで、上下関係ってより友人」

「そうなんだ……」

やっぱり私にはちょっと、想像がつきにくい世界だ。だって私が大学生の頃にも社会に出てからも、自分で会社を作ろうなんて発想はまったくなかった。

手渡された黒のマグカップはほかほかとして、手のひらからじんと温もりが身体に広がる。色ではわかりづらかったけれど、淹れてくれたのは紅茶で、ひと口するとほんのりと甘かった。

「あ。つい昔のままの印象で砂糖入れたけど、よかったか」

「うん。変わってないよ」

「そうか」

そう言って彼も自分のカップを手に、私の斜め横のソファに座った。

「……で。今、どういう状況？」

そうしてまた、せっかく和らいでいた空気がぴりりと引きしまった。

克己くんの顔が怖くて、黙っているわけにもいかず、かといって嘘でごまかせるとも思えない。

私は正直に、会社を辞めることになったと打ち明けるほかなかった。

ただ、会社から自主退社を勧められたことは言わずに、どうしてもいづらくなって、とそれだけを退職の理由にした。

「……そんなわけで……三月末……来月中に退職することになりました」

目の前で、克己くんの顔は一層怖いものになっている。

「……ほんとに、柚香から辞めるって言ったのか？」

「そ、そう。ほんと」

嘘はついていない。今日、私から人事にそう申し出たし、無理強いされたわけでもない。けれども、隠しごとはした、という事実が後ろめたさを感じさせ、ついびくびくしてしまう。

自主退職を提案されたことは、言ったらまずそうだと思ったのだ。

克己くんは今は自分の会社を起こしているけれど、いずれは星和堂を継ぐ人だ。関連会社が、自主退職者を募らなければいけないほど困窮していることを知ったら親会社としてはどう対応するのだろう？　経営側の事情や方針なんて私にはわからないから、告げ口みたいなことをしたくなかった。

気まずい退職をするとはいえ、社会人になってからずっとお世話になった会社だ。感謝もしていた。

じっと私を見る克己くんの目は、なにか心の奥を覗かれているような気にさせられて、少し怖い。

「引っ越し先も探さないといけないし、住み込みとか社宅付きの仕事とか探す方がいいかなって！」

「そんな簡単にいくわけないだろ」

ぴしゃん、と厳しい声でそう言われて、二の句は出てこなかった。

その通りだ、再就職なんてそんな簡単なことではない。

「……そう、だけど」

反論しようとして、結局そこで言葉は詰まる。

わかってはいるけれど、もう精神的に限界だったのだ。なにかひとつ、悩みを減らさなければと必死だった。

小さくなって俯く私に、さらに克己くんの言葉は続く。

「それに、なんですぐ俺に言わなかった？」

「それは……」

「なにかあったら言えって言ったはずだけど」

さっきから、克己くんの表情が怖い理由はこれか、とやっと気が付いた。

「……聞いたけど、そんなの」

確かに言われた。だけど、本当に言われるままに頼っていいとは、思わなかったのだ。迷惑をかけることになるのだから、当然だろう。

しかし、克己くんはそれが気に入らないようだった。

じっと真剣な目で見られて、私は萎縮し、多分怯えた表情を見せていた。

だからか、彼はふっと溜め息を落としてようやく表情を緩めてくれたのだけれど。

「行くあてがないなら、俺のとこにおいで」

「え？」

「住む場所も用意するし、仕事も俺の会社に来ればいい」

言いながら立ち上がった克己くんは、ビジネスバッグを手に戻ってきて、そこからクリアファイルを取り出し、ローテーブルの上に置いた。

「え、なに？」

「うちの雇用契約書。住所なんかはとりあえず……空欄はまずいからここの住所を書いておいて」

ぽんぽんぽん、と決定事項のように克己くんは話を進めていく。

「柚香はネット販売部にいたんだった？　うちはホームページやネット広告のデザインもやってるから、そこを手伝ってもらおうかな」

「まっ、待って！　克己くん！」

慌てて両手のひらを克己くんに向け、制止した。

そこで彼は一度止まってくれたのだけど、きょとんとして私が戸惑っている理由がわかっていないみたいだった。

「あの……待って。まだ三月末まで時間があるし、住むところも仕事もちゃんと探すよ」

「なんで。はっきり言って顔色悪いし、黙って見てられる状態じゃないんだけど」

「でも、そこまで頼りきっちゃうわけにいかないもん」

私の言葉に、克己くんが難しい顔をした。

だけど、撤回するつもりはない。克己くんの気持ちはありがたいけど、努力する前からそこまで全部お世話になっていいはずがない。

「……わかった。けど、仕事は来月中に見つからなかったら、俺の言う通りにすること」

「えっ？」

「それは約束して。大事な幼馴染を路頭に迷わせるなんてことはできない。それと、住むとこは俺が用意する」

「や、でもっ」

「急場の措置。気に入らなければ、後でゆっくり自分で探せばいい。その方が職探しに専念できるだろ」

……確かに、それはその通りだ。一旦でも住む場所が決まれば、随分気が楽になる。それに克己くんの厚意を全部断るのも失礼だし、なにより意地を張っている場合でもないだろう。

そう思い至ると、私は克己くんに向かって素直に頷いていた。

彼の表情が安堵したかのように緩む。

強引で驚いたけれど、心底心配してくれているのは確かだ。

「……ありがとう。すごく、助かる」

言葉にすると、すっと身体の力が抜けた気がした。同時に涙腺が緩みそうになり、慌てて目頭に力を入れる。

涙をこらえて小さく笑うと、克己くんがほんの少し、目を見開いた。

「克己くん？」

じっと見つめられて、不思議に思い問いかける。

「あ、いや」

私の声で気が付いたかのように、しっかりと視線が絡まった。それから、にっと意地悪そうな笑みに変わる。

「また、ぴーぴー泣くかと思ったのにな」

「ひどっ。もう子供じゃないしね！」

子供扱いされたようで反論したけれど、先日は確かにぴーぴー泣いたようだから説得力には欠けてしまう。だけどあれは酔っぱらってのことだからノーカウントにしてほしい。

克己くんは、ひとり息子で跡取りとして厳しく育てられたのか、昔から年齢よりも大人びた印象があった。姉も長女だから、ふたりどこか空気が似ていた。

反対に、私はどちらかといえば、年相応か幼い。よく親に『お前は落ち着きがない』と言われたものだ。

だから、克己くんと姉は私から見てとても〝大人〟な存在で、頼れると同時に常に追いかけていないと置いていかれそうな寂しさがあった。

今もきっと、どれだけ背伸びしたところで克己くんにとって私は〝妹〟で、そこから抜け出せなんてしないんだろう。

だから私の反論なんて、笑われて終わりかと思ったけれど。

「そうだな」と、克己くんが、優しく目を細める。

「え？」

「大人びた顔で笑うようになるもんだな、と思って」

静かな彼の声は、心を包み込むような、しっとりとした温かさを感じた。

急に、ふたりきりだということを意識してしまい頬が熱くなる。

おもむろに克己くんの手が伸びてきて、私はどうしていいかわからず身動きひとつ取れなかった。

あと少しで、髪に触れる、という時だ。

突然鳴ったインターホンの音に、驚いて背筋を伸ばした。

――ピンポーン。

「ああ。デリバリーが来たんだろう」

ぽん、と頭のてっぺんに克己くんの手が置かれる。

いつのまにか頼んでおいてくれたらしい。彼はなにごともなかったかのように立ち上がり、インターホンの方へと歩いていく。

背中が玄関の方へと消えてほっと息を吐き、胸を押さえて深呼吸した。

さっきの雰囲気に、いつもと違う空気を感じた。幼馴染に向ける目ではなかった気がして、私ひとりで狼狽えてしまった。

玄関先で、デリバリーの配達員に対応している彼の声は当然落ち着いていて、余計に恥ずかしくなる。

意識してしまったとしても、仕方ない。だって、克己くんは今もかっこいいし優しいし、なんといっても初恋の人なのだから。

だからドキドキして当然なのだと自分に言い訳をして、私は静かに深呼吸を繰り返した。

ピザやパスタ、サラダにドリンクまで、ずらっとローテーブルいっぱいに並ぶ。

「いつのまに頼んでくれてたの?」

「帰ってすぐ。紅茶淹れながらスマホでネット注文しといた。その顔じゃ食べに行くのも嫌だろうと思って」

くす、と笑った克己くんに言われて初めて、自分がさっき泣いたことを思い出した。

「は、早く言ってよ!」

「大丈夫、そんなに崩れてないって」

両手で頬を覆って、きょろきょろと周囲を見渡す。洗面所はどこだろうか、いやその前にと、バッグからパウダーのコンパクトを取り出した。

「あ……よかった、そうでもない」

「だろ。気になるなら洗面所で顔洗ってくる?」

「ううん、いい」

今朝、化粧をする気にもなれなくて、アイメイクをほとんどしていなかった。それがよかったらしい。

ただ、泣いた跡はしっかりあって、瞼や目尻が赤くなっていた。

それを克己くんは考慮してくれたのだろう。

「しっかり食べろよ。俺が作ってもよかったんだけど、今からじゃ遅くなるし、買い物行かなきゃ材料なかったしな」

「克己くん、料理できるの？」

「まあ、そこそこに」

小皿にピザを取り分けて、手渡してくれる。

なんだか途端に、空腹を感じた。このところ、まともに食べていなかったことを思い出す。

決して、すべてがすっきりと解決したわけではないのだけれど。

ただ、自分でどうにもならなかった時に、力を借りる場所ができた、それだけで気持ちが落ち着いたのかもしれない。

「……美味しい」

ひと口食べたピザが、とても美味しく感じた。

克己くんが私を見て、優しく微笑んでくれる。

「クラムチャウダーもある。顔色悪いんだよ、お前は」

「……すみません」

差し出されたカップを、首を竦めながらも遠慮なく受け取って、ひと口するとじわっとお腹の中から温まるような感覚がした。

「ほら、これも食え」

「んっ……そんな、いっぺんにたくさん食べれないよ」

もりっと皿にパスタも盛られて目の前に置かれた時、私のスマホの着信音が鳴った。

克己くんが自分の皿にも取り分けながら、私のバッグに目を向ける。

「柚香のだろ。いいのか」

「いい。実家からだから。多分、お母さん」

バッグの中で、スマホの画面だけを覗いてすぐにバッグの口を閉じた。

「だったら出た方がいいだろ」

「いいの。だって絶対、お見合いの話だもん」

少し気は楽にはなっても、まだお見合いの話まで聞けるほどメンタルは回復していない。こんな時に見合い話なんか持ってきた母に反発の気持ちもあって、しばらく電話は出ないと決めている。

「……見合い？」

不審げな克己くんの声に、ピザにかじりつこうとしていた私は目線を上げた。

「そうなの。落ち込んでるとこにそんな気になれないのはわかるけど、って言いながらもいきなり。わかっててひどいなあって、ちょっと怒ってて」

「それ、どこからの見合いか聞いたか？　相手とか」

「全然。だって誰が相手でも今は無理だもの、絶対」

そう言って、今度こそピザにかじりつく。

バジルの香りとトマトの酸味が口の中に広がって、満悦気味に目を閉じる。

美味しい、という当たり前の感覚に久々に浸っていると、克己くんが私の言葉に相槌を打った。

「そうだよな、いきなりすぎるよな」

「だよね、どんな相手でも関係ないよ」

「わかってる。ってか、相手俺だけどな、多分」

あまりにも克己くんがなんでもないことのように言うものだから、『ふうん、そっか』と頷き聞き流してしまいそうになる。

一拍の間を置いて、私は多分間抜けな顔をしていただろう。

「……え？」

「俺んとこにもこないだ、見合いしろって連絡あった。母親から」

「え、まさか。……別々の話じゃないの？」

「今までそんなこと言ってきたことないのに、なんかやたら浮かれてたから変だなと思ってたんだよ。多分間違いない。母親同士で盛り上がってんだろきっと」

私の母と、克己くんのお母様はとても仲良しだ。ふたりで盛り上がるシーンが確かに目に浮かぶようではあるが。

「え、ええええっ！」

あのふたりの結託ならば、そう簡単には覆りそうにない。

それに、私もそんな気にはなれないけれど、一番困るのは目の前の克己くんだ。

克己くんなら、女性は選り取り見取りのはずなのに、どうして私みたいなのとお見合いさせようなんて思うのだろう。

「心配しなくても、俺も適当にしか返事してない」

つい大きな声を出してしまった私に、彼は苦笑いを浮かべた。

「そうじゃなくて……ごめん。なんか私のせいで迷惑ばっかり……」

「柚香のせいじゃないだろ。とりあえず盛り上がらせておけばそのうち飽きるだろうし、俺の方から白紙になるように上手くもってくから、柚香は適当に話合わせとけばいい」

当然、克己くんからすれば迷惑でしかないんだろう。頭の中で、穏便にこの話をなかったことにする段取りはできているようで、少し安心する。

と、同時にちょっと寂しいのは、やっぱり克己くんにとって私って妹か幼馴染でしかないんだなあ、とわかったことだ。

初恋のほろ苦さが、克己くんの優しい笑顔と一緒に想い出の中から掘り出されたような気がした。


食事が終わった後、少しゆっくりしてから克己くんの車で家に送ってもらった。

「遅くなったし、泊まっていってもよかったのに」

うちの前の通りで車を停めて、克己くんがそう言ってくれたけれど。

「や、いくらなんでもそんなわけにはいかないよ」

克己くんが私を見ながら、心配そうに眉を寄せている。

まったく意識をしてないからそういうことを言えるのだろうけれど、私としてはいくら幼馴染でも、そんな簡単に男の人の部屋に泊まるなんてできない。

「今日は、本当にありがとう。おかげで、すごく元気出たよ」

助手席に座ったまま、身体を運転席の克己くんに向け、頭を下げた。

それで多少安心はしてくれたのか、息をついて優しい笑みを浮かべる。そして、さらっと私の頭を撫で、横髪を指で梳《す》いた。

——あ、また。

さっき、部屋でも私を狼狽えさせた、あの空気を彼が纏う。

子供扱いでも幼馴染でもないような、そう感じるのは私が意識しすぎなのだと、必死で自分に言い聞かせた。

「……遠慮しないで、もっと頼れ」

「う、うん……」

「とりあえず、今週末はすぐに引っ越し。簡単に荷物まとめとけよ。大きな荷物は業者手配しとくから」

「う……えっ⁉」

流れでつい頷きそうになって、慌てて顔を上げた。

克己くんと話していると、こっちが本来驚くことを当たり前のようにさらっと言うから、うっかり聞き流してしまいそうになる。

「えっ⁉　もう引っ越しって⁉」

「引っ越し先は任せとけって言ったろ。もう期限まで日もないし、この土日じゃないと俺が動けないから」

引っ越し作業まで付き合ってくれるつもりでいる彼に、とんでもないと頭を振った。

その拍子に、私の頭を撫でていた手も離れていく。

「いくらなんでもそこまで頼めないってば！　住む場所を準備してくれるだけで充分なのに。あとは自分でなんとかするから」

「引っ越しの手伝いくらいたいしたことない。鍵も当日渡すから」

「それって、克己くんの会社の社宅みたいなとこ？　本当に私が住まわせてもらっていいの？」

「一から探してほしいなら、そうするけど。この時期だし、ひとり暮らしするにはちょっと広すぎるか、ランクが高いところしか空いてないと思うよ」

「うっ……それは」

「困るだろ。それに、柚香の仕事が決まらなければうちで働くことになるんだし、その時に手間が省けていい」

言い方は優しいし穏やかだけれど、すでに決定事項の物言いだ。こういう言い方でもしないと、私が遠慮して頼らないと思っているからなのかもしれない。

そう思うと、気ばかり使わせている気がして、私は大人しく頷くほかなかった。

するとと彼もまた、満足げに頷く。

「……じゃあ、決まりな。あまり思い詰めないで、ゆっくり休めよ」

「うん……ありがとう」

再び髪を撫でた手に、今は素直に助けてもらうことにした。

そんな話、聞いてない！

翌日からは、大忙しだった。

私が会社を辞めることは、ただでさえ空気がギスギスしている職場にこれ以上の波風を立てないように、最後の日までは秘密にしてもらうことにした。

知っているのは上司と、私の仕事を引き継いでくれるさやかだけだ。

「納得いかない……なんで柚香が辞めないといけないの？」

お昼休み、内緒話をする時の定番である屋上に、コンビニで買ったサンドイッチと温かいコーヒーを持ち込んでいる。

「私もそう思うけど、このままここで新田さんと同じ部署で働くのもしんどいし。社内で私がよその部署に回されるのも……癪《しゃく》だし」

さやかは怒っているけれど、私は逆に、気分が落ち着いてきている。

退職を決めてから、少しだけ気が楽になった。もちろん、就職先が決まるまでは楽観視はできないのだけど。

「まあ……そりゃそうか」

「そんなわけで、あと一カ月だけど……さやか、私の後、よろしくね」

ベンチでサンドイッチをかじり、はあっと息をつく。

まさか、こんな結末になるとは思いも寄らなかったが、なんとも虚しい。

この屋上で、ほんの少し前までは新田さんとの結婚に向けて、さやかにのろけ話を聞いてもらっていたというのに。

「了解。寂しいけど……その方がいいね、きっと。柚香を助けてくれる人がいてよかったよ」

「うん、正直すごく、助かった」

「引っ越し先もお世話になったんだよね？」

「そうなの。明日なんだけどね、まだ聞いてなくて……」

今の職場にはしばらく通わないといけないし、そのことは克己くんもわかっているだろうから、それほど遠い場所ではないはずだけれど。

「また遊びに行くわ。ってか、本当は明日、引っ越し手伝いに行ってもいいんだけど……」

「いいよいいよ！　業者さんも克己くんも来てくれるっていうし」

「うん、邪魔しちゃ悪いし、やめとくわ」

うんうん、と頷きながら彼女は温かなカフェオレをすすった。

「……別に邪魔じゃないよ？」

「いやいや、邪魔だし。今のあんたには、新しい出会いが必要だわ」

「それって……克己くんのこと言ってる？　幼馴染なだけでそんなんじゃないからね」

にま、と嬉しそうなさやかを横目で睨んで釘を刺しておいた。

お見合いのことは、さやかには話していないが、それでよかったかもしれない。母親にしてもさやかにしても、私を心配してくれているのはわかるのだが今はまだ次の恋なんて考えたくはない。

「ええ。だってすっごくいい人だったし。柚香のこと本当に心配してたし」

「それは、だから幼馴染だからなの」

そうかなあ、と疑わしげな彼女にはそれ以上、構わないことにした。

だってこれ以上その話をしたら、私の方が今よりもっと意識してしまいそうだったから。

衣類などの梱包《こんぽう》は終わり、化粧品など毎日使う雑貨はとりあえずすぐに出し入れできるようにキャリーバッグに入れた。

急なことだったけれど、もともと荷物の整理は始めていたから、それほど大変でもなかった。

土曜日、朝から克己くんが手配してくれた引っ越し業者が来て、テキパキと荷物を運び出してくれる。

それほど大きな引っ越しでもないのに、なぜかトラックが二台も来ていた。

「よろしくお願いします」

へこへこと作業員の人たちに頭を下げつつも、克己くんはなかなか来ないし、私はまだ行き先も聞いてない。作業員の人たちは当然知っているはずだが、私がその場所を聞くのも変に思われるだろう。

おろおろしていると、ようやく克己くんがやってきた。すでに荷物は積み終わり、部屋の掃除機もかけ終えて、あとは私とキャリーバッグと手荷物だけ、という状況だった。

「悪い、遅くなったな」

「克己くん！」

彼は玄関先まで来ると、私のキャリーバッグを手に取る。

「柚香は俺の車に乗って。鍵を返しに行くのは？」

「あ、不動産屋さんに寄って、それでおしまい」

「了解。行こう。トラックはもう出たから」

そう言われて、急いで私も靴を履く。

最後にドアを閉める直前、やっぱり少しせつなさが込み上げた。

社会人になってから、ずっとここで暮らしていたから……これから生活が変わっていくことへの寂しさと不安が大きかった。


それから克己くんと一緒に不動産屋に鍵を返しに行くまでは、予定通りに引っ越しが進んでいるのかと思っていた。

なのに今、私はなぜか再び、克己くんのマンションにいる。

「克己くん……社員寮って話じゃあ……」

「それが、深見《ふかみ》がさすがにそれはマズいって言い出してさ、社員寮っていっても借り上げなんだけど」

「深見さん？」

「あ、うちの副社長」

大学の友人で、起業した仲間だと言ってた人のことだ。

「雇用するならいいけど、まだそれも未確定で借り上げはできないって言うから仕方なく」

「仕方なく?」

「しばらくここに住めばいい」

「え……ええっ⁉」

驚いている間にも、着々と運び込まれる衣類や日用品が詰め込まれた段ボール。

「ちょ、ちょっと待って、私そんなの聞いてないし!」

「ああ、ごめん。忙しくて連絡するのが遅れて」

「遅れて、って、当日……」

「柚香の家具は一旦貸倉庫に預けとくから」

なるほど、それでトラックが二台来ていたのか、と納得する。最初から、貸倉庫行きのものとこのマンション行きのものとに分けて荷積みしていたのだろう。

「そんな、無理なら言ってくれたら自分でなんとかしたのに……」

「自分でどうにもならなかったからこの状況なんだろ」

「そっ……そうなんだけどっ……」

ここに来るまで黙ってるって、わざとなんじゃないかと思ってしまう。

言えば、私が遠慮すると思ってのことだろうけれど、ちょっと強引すぎやしないだろうか。

なにか腑に落ちないものを感じながらも、もう私に帰る場所はなく、素直に言うことを聞くしかなかった。

荷物の積み入れが終わり、引っ越し業者はすぐに引き揚げ、残されたのは積まれた段ボールを見つめる私と克己くんだけになる。

これでやっと、まともに話せる。

「じゃあ、梱包解いていくか」

「ま、待って！　その前に！」

っていうか梱包を解くとかさらっと言うけど、ちょっと待って。

やっぱり服とかを幼馴染とはいえ男の人に解いてもらうのは恥ずかしい。うっかり下着の箱を開けられても困る。

そっと積まれた段ボールを背中に隠し、克己くんに向かい、改めて頭を下げた。

「えっと、まず、こんなことまでしてもらって、本当にありがとうございます」

かしこまりすぎたのかもしれない。

顔を上げると、克己くんの戸惑った顔が、少し寂しそうに見えた。

「別に。俺と柚香の間で、そこまで遠慮することじゃないだろ」

「ううん、本当に助かったから。でも、このまま取り決めもなくずるずるお邪魔するわけにもいかないし、だからちゃんと期限を決めておきたい、です」

「期限？」

私の言葉にゆっくりと腕を組み、彼は聞き返す。

気後れしてしまいそうな、無表情だった。なにかミスをして、会社の上司に報告書を提出しているような気分になってしまう。

「う、うん……一カ月以内に、住む場所はなんとかします。仕事も、なんとか」

言いながら、自分が情けなくなってきた。『なんとか、なんとか』とこのところずっとそう言っているけれど、あてなんかどこにもなく、なんの説得力もない言葉だ。

案の定、克己くんは溜め息をつき、納得しているようには見えない。

「……それから？」

が、続きを促し、とりあえずは一通り私の話を聞いてくれるつもりのようだ。

「うん、それで……ここにいる間、家賃は」

「いらない。柚香からそんなのもらうわけないだろ」

多分、それは言われるだろうなと予測していたので、私は代替案を提示した。

「じゃあ、代わりに家事をする。食事も作る。それを家賃代わりに……ってことでどうでしょうか」

食材なんかは当然私が自分で買うつもり。こんな豪勢なマンションの家賃の半分にもならないだろうけど、そうしたら克己くんはその分外食しなくて済む。

お世話になるならせめて家事ぐらいはして当たり前だし、期限を決めたのは自分が甘えてしまわないように、だ。

克己くんは優しいから、気を抜けばつい頼ってしまうような気がした。

一通り、が終わったと判断した克己くんが、腕組みを解く。

「まず……期限だけど」

表情は厳しいままで、突きつけられたのはシビアな現実だった。

「本当に、一カ月でどうにかなると思ってるのなら、甘い。次の就職先も決まってないのに、部屋を貸してくれるとこなんてそうない」

ぐ、と言葉に詰まる。

言われてみればその通りだ。仕事がなくなることで、部屋探しも余計に難航することになってしまったのだ。

「就職先だって、そんな簡単にはいかないよな」

「……それは、そうだけど」

だからといって、いくらなんでも克己くんの家に居候なんて。

「そんなに長くお世話になるなんて、やっぱりできないよ。彼女はいないって言ってたけど、克己くんならいつそういう人ができてもおかしくないじゃない」

克己くんがモテないはずはなく、むしろ今誰もいないということの方が不思議だ。いざ、彼女ができた時に、私が居候したままでは本当に申し訳ない。

かっこ悪い、という感情もあった。

ずっと会っていなくて、久方ぶりの再会のきっかけが破談という時点で情けないのに、そこから住む場所も働く場所もままならなくなって、自分の力でどうにもできないところを見られているのが情けなかった。

せっかく再会するなら、あの頃とは違う、大人になった自分を見せたかった。

そう思うから、克己くんの好意をつい無下《むげ》にするようなことを言ってしまっている。

落ち込み俯いていると、ぽん、と頭を撫でられた。視線を上げれば、克己くんが苦笑いを浮かべている。それは、とても優しい表情だった。

「別にずっとここにいろと言ってるわけじゃない。正直、再会してからの柚香はずっと顔色も悪いし、見てられない」

言われて、つい手が自分の頬をさする。

もともと貧血気味の体質ではあるけれど、ここ最近は眠りも浅いし、確かに食事も減ってしまって、近頃朝の化粧ノリも悪かった。

「まずはここで、生活基盤を立て直せ。それから出ていったって全然遅くないだろ？一カ月とか決める必要はない」

克己くんの提示してくれた内容は、確かに私にとっての最善だ。ただ、彼に迷惑じゃないかと、私はそれが気がかりなのだ。

だけど、克己くんは譲らなかった。

続いた言葉は、克己くんの心遣いに違いないのだけれど。

「このまま柚香を放り出したら、俺の方が夢見が悪くなる」

「……いいの？　ほんとに。彼女とかできそうになった時、私がいたら引かれたりしない？」

そう言うと、彼は「ははっ」と笑った。

「そんなことでぎゃーぎゃー言う女と付き合わないし、それにまあ、気になってる女はいるけど」

「えっ、わっ」

じゃあやっぱりまずいじゃないか、と言おうとしたが、ぐしゃぐしゃっと髪をかき混ぜられて言葉は封じられた。

「柚香が心配する相手じゃないから、気にしなくていい」

「いや気になるよ！」

「それに家事してくれるなら本当に助かるんだよ。どうしても外食になりがちだったから、食事作ってくれるんならいつまでいてくれてもいいくらいだけど？」

そう言った笑顔につられて、私も腹をくくった。

いざ、克己くんがその〝気になる人〟と上手くいくことになったら、その時はすぐに出ていけるよう自分なりに準備をしておくことを決めて。

そしてふと、頭を過《よぎ》ったのは――。

初恋相手だからといって、優しいからといって。

決して過去の感情を掘り返してはいけない、ということだった。

同居生活、スタートです

梱包はあまり解かずに、必要最低限の服だけを出し、寝室のクローゼットの隅に収納させてもらった。

間取りはやたらと広いリビングとダイニングに、部屋がふたつ。ひとつが寝室で、もうひとつは書斎だという。

部屋は自由に見て回っていいと言われたので、お言葉に甘えて書斎の中も勝手に覗かせてもらった。

壁一面が書棚になっていてぎっしり本が並べられ、中央にデスクとパソコンがある。普段、持ち帰った仕事をここでしているのだろう。

こっそりと見渡して克己くんが持ってくれているはずのドレスの行方を捜したけれど、わからなかった。もちろん、クローゼットの中も服を入れる時に確認した。

克己くんのことだから、きっと私の目に触れないようにしているのだと思う。気になったけれど、考えないことにした。

人の大事なものを粗雑に扱ったりする人じゃない、とそれは信じていたからだ。

化粧品などは洗面台に置かせてもらって、段ボールから出しておく私物はそれだけにしておいた。あとは、その都度必要になった時に開ければいいだろう。

まず私の仕事第一弾としてその日のうちから食事を作ろうとしたのだけど、冷蔵庫は空っぽだった。料理はできる、とは言ってたけど、本当に仕事が忙しいらしい。

昼食はバタバタしていたのもあり克己くんが買ってきてくれたお弁当を食べ、夕食もふたりで食べに出かけた。

帰りに大型スーパーに立ち寄ってもらい、克己くんにカートを押してもらっている。

「冷蔵庫、ほんと見事に空っぽでお酒と水しか入ってないんだもん」

卵のパックをカートの中に入れながら私がそう言うと、克己くんは肩を竦める。

「自炊してた時もあったのは本当だけどね」

「最近はまったくしてない感じだね。お米もなかった」

卵の横がちょうど、お米が並んでいる場所だった。五キロの袋を取ろうとしたら、克己くんが私の代わりに取ってくれた。

「五キロでいいの？　どうせ毎日炊くなら十キロの買ってもいいけど」

「新しい方が美味しいし。冷蔵庫に入れときたいから」

「へえ。米って冷蔵庫に入れんの？」

「そう。お米って生ものだからほんとは冷蔵庫に入れた方がいいんだって」

次はあっち、と加工品売場の方を指差した。

「朝は、洋食？　和食？」

「どっちでもいいよ。わがまま言っていいなら、交互とか」

だったら、明日は和食にしよう、と頭の中でメニューを考える。

どうせなら、二日分くらいの買い物はしておきたいから、カツオ節と昆布と、洋食用にベーコンも買っておこう。

ひとりの食事の時はいつも簡単にしか作らなかったけれど、誰かが一緒に食べてくれると思うと少しそわそわするものがある。嬉しさと、ちょっとした緊張だ。

本当なら、この感覚は結婚して味わうものだったはずなのだけど。

ふっと、思い出したくもない現実が頭に浮かんで影が差す。

さやかも克己くんも言っていた。結婚してしまう前にわかってよかったのだと。

そう思うことで自分が楽になるだけのことかもしれないけれど。

「柚香？」

不意に呼ばれて、ぱっと顔を上げた。

「あ、ごめん。なに？」

克己くんの手には、醤油のパックが右手と左手、それぞれに違うものがあった。

「うち、醤油濃口しかないけど、薄口も買うかって」

「あ、うん。欲しい」

慌てて、頭の中の雑念を振り払い、笑みを浮かべる。

克己くんは、物言いたげな表情だったけれど、私は気付かないふりをして薄口醤油を彼の手から受け取ってカゴに入れた。

ここまでしてくれてるのに、これ以上心配をかけてはいけない。

「あ。あとコンソメ」

きょろ、と周囲を見回し、コンソメの場所を探す。

「柚香」

ふわ、と克己くんの片腕が突然、私の腰を引き寄せた。

「えっ」

腰を抱かれるような形になって、驚いて心臓が飛び跳ねる。顔を上げると克己くんの顔がすぐ間近にあり、慌てて俯いた。

どうしてこんなに接近することになっているのか、わけもわからず顔を赤くしているその間も、克己くんは離してくれない。

「すみません」と克己くんが頭を下げたのは、私の後ろを横切ろうとカートを押していた年配の女性だった。どうやら、私が通行の邪魔になっていたらしい。

それならそうと言ってくれればよいのに、と思いながら私も慌てて会釈した。

「すみません、気付かなくて」

「いいえ。仲がいいですね、新婚さん？」

「えっ、いいえ、そうでは……」

返事は別に必要としていないらしい。ふふふ、と上品に口元を手で押さえながら、私の弁解も聞かずにカートを押しながら去っていく。

激しく勘違いをされている。

「ご、誤解されちゃった」

「いいだろ別に。ほら、コンソメ」

腰に回された手が、今度は私のすぐ真横の棚に伸び、コンソメの箱を取った。

身体はもう解放されたのだけど、その後もずっと寄り添って歩いているようで、気恥ずかしさからはなかなか解放されなかった。

買い物を終え、マンションに帰ると真っ先に買ったものを冷蔵庫に詰めていく。

「これで二、三日は大丈夫かな」

数日はメニューに困らないであろう、豊富に食材の揃った冷蔵庫を見て満足して頷いた。

その後、順にお風呂に入って、そこまではよかった。いざ、寝るかという時に大問題が発生した。

「え。お布団ないの?」

愕然と寝室で立ち尽くす。

目の前には、キングサイズの大きなベッドが中央を陣取っている。

寝具は、これひとつ。なんと、客用の布団もベッドもないというのだ。

だったら、私のベッドや布団をこっちに下ろしてくれていたらよかったのに、と思ったがもう後の祭りだ。

「いいだろベッドで寝れば。デカいしふたりで寝ても狭くはない」

「よくない、ちっともよくない」

確かに余裕で眠れるだろうけれど、そういう問題ではない。

無理です、と顔を横にぶんぶん振る私を、彼は心底不思議そうに見つめてくる。

本当に私がためらう理由がわからないのだろうか? そんなに、克己くんにとって私は女じゃないのだろうか。

そういえば、新婚さんとからかわれた時もまったく意識してない感じだった。

だがしかし、ベッドを共にするのはさすがにまずいだろうと思うのだけど、それすら意識されていないとなると、さすがに女としての自分に自信がなくなってくる。

「俺は寝相はいい方だけど」

「違う、そういう意味じゃなく」

「お前悪いの？」

「だから違うって」

だんだん、自分が自意識過剰なのかと虚しくなってきたところに、克己くんから追い打ちをかけられた。くす、と突然意地悪な空気を漂わせ、笑ったのだ。

「柚香」

「え……な、なに？」

突然近づいてこられて、一歩後ろに下がる。ベッドに足が当たって、そのまま気圧されるようにぽすんとベッドの上に腰を下ろしてしまった。

そんな私に迫るように片手をベッドに置き、克己くんは妖艶《ようえん》に微笑む。

「意識してんだ？　もしかして」

からかうような言葉に、ぼっと顔に火がついた。

「ち、違うって！　そうじゃないけど私イビキかくかもしれないし！」

イビキなんて恥ずかしいけどその理由の方がいくらかマシだ。

「だよな。子供の頃、うちに泊まりに来て何度も一緒に寝たもんな」

「う、うん。お姉ちゃんも一緒にね」

「あん時、イビキなんて記憶にないけどな」

「覚えてないだけじゃない？　子供の時とは違うし」

ごく当たり前の主張なのに、なんだか私の方がわがままを言ってるような気になってくる。あんまり克己くんがナチュラルに、一緒に寝ようというスタンスで話をしてくるからだ。

「どっちにしろイビキくらいじゃ起きないから、心配ない」

「いやっ、心配とかじゃなく！」

「俺の安眠まで気にしてくれるなんて、柚香は優しいな」

至近距離に迫られたままにっこりと邪気もなく微笑まれ、抵抗する気力も失せた私はひくっと頬をひきつらせ。

「……わかった。ここで寝る」

それ以上の問答はもう無意味に思えて、仕方なく了承した。

ここまで克己くんが私を意識しないなら、私の方も気にしなければいい。それだけのことだ。

すでに私も克己くんもパジャマ姿で寝る準備は万端だ。

克己くんは黒いパジャマで、なんだかそれだけで色気たっぷりなんだけど。

いけない。気にしたら眠れなくなりそうだ。

どくどくどく、と鼓動も速い。

ベッドに腰かけたまま緊張する私をよそに、克己くんはあくまで普段通りだった。

「柚香、疲れてるだろうから。ゆっくり眠れよ」

ぽんっと私の頭を叩いてから、真横を通り、私が座るところとは反対側からベッドに上がる。

「ドア側と窓側、どっちがいい？」

「あ、別にどっちでも」

「じゃあ、俺こっちな」と、彼はベッドの窓側半分のスペースを陣取り、背を向けて寝転がった。

おそるおそる、私も掛け布団をめくる。背中合わせに、潜り込んだ。

ふかふかのベッドは寝心地はすごくいいけど、背中から体温が伝わってきそうな気がして、身体は硬くなる。

けど、きっとそのうち慣れるだろう、とぎゅっと目を閉じて眠ろうとした。

「……子供んとき」

「えっ？」

急に話しかけられ、目を開ける。振り向くことはせず耳を傾けた。

ベッドは静かで振動は伝わってこない。きっと克己くんも背を向けたままだろう。

「お前、夜中トイレに起きてさ、静香《しずか》に一緒に行ってくれって頼むのに、なかなか起きてくれなくて泣いてたなと思って」

静香、というのはお姉ちゃんの名前だ。いきなり子供の頃の話を持ち出されて、恥ずかしさのあまりに思わず後ろを振り向く。

「し、仕方ないでしょ、克己くんち広くて怖かったんだもん！」

それは確か、私がまだ小学校の低学年の頃の話だ。克己くんと姉も高学年になったかどうかくらい。よく姉と一緒に遊びに行き、夏休みにはお泊まりもさせてもらった。

克己くんの家は、うちのこぢんまりとした一軒家とは違う。玄関ホールの高い天井から下がるシャンデリアと二階へ上がる螺旋《らせん》階段はとても煌《きら》びやかで、お話の世界にいるような気持ちにさせてくれた。

ゲストルームなんかもあって、廊下も長い。克己くんの部屋にも大きなテレビやパソコンが置いてあって、まるでうちのリビングみたいな広さだった。

お泊まりする時はソファベッドを運んできて克己くんのベッドに並べ、三人で一緒に眠った。夜更かししては、克己くんのお母さんに怒られたのを覚えている。

夜中、トイレに行きたくなっても姉はまったく起きてくれなくて、克己くんが代わりに連れていってくれた。

「夜中目が覚めたら言えよ、ついていってやるから」

「もうトイレくらいひとりで行けます」

こっちを見ない克己くんの背中が揺れている。どう見ても笑っている。

からかってばっかりだ、と私はまた背中を向けた。

目を閉じようとしたけれど、再び克己くんの言葉が続く。

「子供の頃の柚香って結構泣いてたイメージだなと思って」

「それはお姉ちゃんと克己くんがずっと一緒に遊んでて、私を置いてけぼりにするからでしょ」

男勝りな姉は男の子との遊びが楽しいらしく、ふたりは年も近いこともあって本当に同性の友達のように仲良しだった。私はその遊びについていけず、よくほったらかしにされて寂しくて泣いていた……のだったと思う。

さすがに小学生低学年の頃の記憶は曖昧だ。

「そうだっけ?」

「そうだよ」

というか、私の克己くんとの想い出で浮かぶのは、そんな小さな頃ではなくて。

克己くんに恋心を抱き始めた中学生くらいからの方が鮮明だ。

……そうだよね。あの頃、克己くんは彼女とかいたし。想い出は共有しているはずなのに、思い浮かべる時代が違う。

そのことに少し寂しさを感じながら、私は目を閉じた。

うつらうつら、やがて意識は暗闇に沈む。

その直前、とても温かな体温を背中に感じた、そんな気がしたけれど。

もしかしたら、夢だったのかもしれない。

悪戯に甘くて、温かい

同居生活がスタートして、最初はどうなることかと思ったけれど、数日もすれば、それなりに一日のリズムも掴めてきた。

仕事の方もなんだか気持ちがすっきりして、人の目もそれほど気にならない。

さやかに少しずつ自分の仕事を引き継ぎ、その分手を取られて進捗《しんちょく》が遅れそうなさやかの仕事を手伝いながら、残りの日数を消化する。

新田さんと綾奈が今も居心地が悪そうなのは少し気にはなったけど、私がいなくなれば少しは風当たりもマシになるだろうと思う。

険悪な状態をなんとかして、穏便に仕事がしたいと思っている人も周囲にいるはずだ。ただ私がいるから気を使っている部分もある。そう考えれば、たとえ理不尽だと感じる状況での退職であっても、それほど悪くはない。

一度、給湯室に新田さんと綾奈がいて、少しだけ立ち止まって見ていたことがある。つらそうな彼女の背中を撫でる、かつての恋人の姿を見ても、今は痛みよりもただほっとした。

傷はある。

けれどもう、新田さんのことは吹っ切れた。

前を向こうと思える。

怒涛の環境変化の中で、支え、励ましてくれた人たちがいたおかげだろう。

だから、会社帰りにスーパーに立ち寄って今日のセール品なんかを確認し、克己くんの好きそうなメニューを考える、そんな毎日にさほど難なく慣れてきていた。

昨日は克己くんは会食で遅くなり、コース料理を食べたと言っていたから、今夜はあっさり和食にしておこう。

魚コーナーでカレイのパックを手に取って、カゴに入れた。

それからぐるっとスーパーの中を一周して思いついたメニューは、煮魚とほうれん草の白和え、野菜のそぼろ餡《あん》かけと、わかめのお味噌汁。

栄養バランスはいいけど……ちょっと地味かな。が、克己くんならお洒落な料理は外で食べるだろうし、よしとしよう。

マンションに帰って部屋着に着替えると、すぐにキッチンに立った。

早くしないと、克己くんが帰ってきてしまう。

根菜は圧力鍋で火を通す。大き目の鍋でだしを取り、ふたつに分けて、ひとつはお味噌汁、ひとつは野菜にかける餡に使う。

他の料理の目途が立ってから煮魚は最後に火にかけ、強火で一気に煮上げる。

できあがった料理を順に皿に盛り付けているところで、玄関から音がした。対面キッチンから廊下に繋がるアクリルガラスの中扉を見ていると、じきに扉が開く。

「おかえりなさい！　ご飯できてるよ」

そう声をかけると、克己くんがネクタイを緩めながらキッチンへ入ってきた。

「ただいま。すげー、いいにおい」

「もうすぐ帰るって連絡くれてたから、合わせて準備できて助かったの。ありがとう」

大きめのトレーには、すでにカレイの煮つけの皿と野菜のそぼろ餡かけの小鉢がのせてある。

「柚香って、なにげに料理すごいよな……」

料理の皿を感心した様子で見下ろして、克己くんが言う。

私はほうれん草の白和えをボウルから小鉢に盛り付けながら、ちょっと得意げになった。

「別に、レシピの通りに作ってるだけだよ」

「手際もいいだろ。見てたらわかるよ、作り慣れてるの」

「まあ、修業もしたし……それにもともと、結構好きだし」

修業というのはつまり、花嫁修業だけれど。

克己くんからの返事がなく会話が止まってしまって、余計なことを言ったと気付いた。これでは自虐ネタのようだ。

話を逸らそうとしたのだが、それより先に克己くんが口を開く。

「修業って？　料理教室とか？」

「……うん。新田さんが和食が好きだから、自己流じゃなくちゃんと習おうかなって」

「へえ。偉い偉い」

褒められても、なにか虚しい。

しかし、暗い顔をしていつまでも引きずって心配をかけるのも嫌だ。

「意味なくなっちゃったけどね」

笑えば気持ちもついてくるってものだ。そう思って笑い飛ばそうとしたけれど、さらに痛々しいような気がして情けなくなった。

……だめだ、どう取り繕っても惨めだ。

諦めて笑顔を消した、その時だった。ぴん、と額に衝撃が走る。

「いたっ！」

驚いて顔を上げると、目の前に克己くんの手があってデコピンされたのだとすぐに悟った。その手の向こうで、克己くんが笑っている。

「味見」

「え？」

「それ、うまそう」

克己くんが私の手の中のボウルを指差した。ほうれん草の白和えだ。

どうぞ、とボウルと菜箸を手渡そうとしたら、克己くんはなぜか腰を屈めて私のすぐそばで口を開けた。俗に言う『あーん』というやつだ。

「えっ……自分で食べてよ」

「俺まだ手も洗ってないし」

そう言われ、渋々白和えを少し菜箸でつまみ、克己くんの口元に持っていく。

なんだか変にドキドキして箸を持つ手が震えてしまったが、なんとか落とさずに済んだ。

ぱく、と克己くんの口が菜箸の先をくわえる。

「……ど、どう？」

ちょっと声が震えてしまった。

こんなこと、彼氏としかしたことがない。

もぐもぐ、と克己くんが数秒無言で咀嚼《そしゃく》し、こくんと飲み込む。

「うまい」

そう言って、ぺろっと唇を舐めた表情が、きっと無意識なのだろうけれどものすごく綺麗で色っぽい。

「そ、そう?」

「ラッキーだな、俺」

「え?」

意味がわからず、ぽかんと見上げていると、克己くんが優しく目を細め、微笑む。

「柚香が料理上手なおかげで、うまい飯が食える」

その言葉を聞いた途端、すっと気持ちが軽くなった。

新田さんのための花嫁修業だったけれど、全部無駄だったなんて思わなくていい。

私は私のために料理を習って、今克己くんの役に立てている。

それでいいのだと言われた気がした。

「よかった。嬉しい」

気が抜けて、今度は作り笑いじゃなく自然に口元に笑みが浮かぶ。

昔好きだった人に手料理を褒められたのだ、嬉しくないはずがない。

「じゃあ食卓に運んでおくから、克己くんは着替えてきて」

こんなことで喜ぶなんて単純だと自分でも思ったけれど、もう一品作りたいくらい気持ちが高揚し、そわそわしてしまう。克己くんはお腹が空いてるだろうし、今日はこれで終わりにするけれど、明日はもう少し凝ったものを作ろうか。

私の浮かれた気分は、わかりやすいくらい表情にも表れていたらしい。克己くんが「ぷっ」と笑って肩を揺らし、しまったと気が付いた。

「なに？　笑わないでよ、もう」

「いや、だって、お前」

咽喉《のど》を鳴らし、俯いて笑いをこらえる彼の言葉は小刻みだ。はあ、と息を整えた後、上げた顔はくしゃりと楽しげに崩れていた。

「すげー顔に出るとこは、昔のままだな」

「うるさいなあ。成長してないって言いたいの？」

「かわいい」

また子供扱いだ。私の頭に手をのせて、髪をかき混ぜながらの『かわいい』はそうとしか聞こえなかった。こんな風にいじられるのは嫌いじゃないけど、ちょっと複雑だ。

　頭の上にある手にされるがままになりながら、ぶすっと唇を尖《とが》らせていると、今度はその手にいきなり頭を引き寄せられた。

「えっ」

「やっぱいいな、こういうの」

なにが、と問い返す前に、すぐそば、耳元の近くで低く優しい声がした。

「帰ってきて、人の気配があるっていうの、いいね。手料理も助かる」

そして、ちゅっとこめかみの近くで音がして、頭が揺れた。

「ありがとな」

一瞬、自分がなにをされたのかわからなかった。

スタスタとキッチンを出ていくスリッパの音を聞きながら、頭の中が真っ白だ。

今、ちゅって。

ちゅって、なんだった？

なにかがこめかみに、触れた。

ことん、とボウルと菜箸を流し台に置いて、こめかみに手を当てる。

温かくて、柔らかいものが確かにこの場所を啄んでいった。

それは、唇だった。間違いなくキスだった。

「も、もー、美味しかったってことかな、うん」

誰彼構わず、キスするような人ではないし。きっと、ほんとに手料理に飢えてて、うっかりキスしちゃうくらい喜んでもらえているんだろう。だからちょっとは役に立てているってことだ、うん。そうだと思いたい。

あとはご飯をよそって、ダイニングテーブルに運ぶだけ。早くしなくちゃ、と思うけれど。

「……あつ、もー」

克己くんの無自覚な行動は、ちょっと心臓に悪い。

手で熱くなった頬をあおいで、熱が冷めるのを待った。


今日は、午後から外勤の人が多くてオフィスに人は少なかった。

退職を部署内でまだ話していないため、いつもはこそこそとやるしかない引き継ぎ作業だが、今がチャンスとばかりに集中して取りかかった。

さやかとふたり一台のパソコンの前に椅子を並べて座る。

「柚香、これはどうするの？」

「それはね、ちょっと待って、こっちのファイルに詳細がまとめてあって」

ずっと私が担当してきた『ローズコスメシリーズ』の引き継ぎをしている時だった。デスクの上に置いたスマホが、短く振動する。自然と私とさやかの目が、スマホの画面に移る。

克己くんからの簡潔で短いメッセージが小さなウインドウに表示されていた。

【早く終わりそうだから迎えに行く】

一瞬の沈黙の後、「んんっ」と喉を鳴らす。

「で、これはね」

なにごともなかったように、仕事の話に戻ろうとしたのだが。

ちらっとさやかに目を向ければ、にやにやと笑っていて、パソコン画面でなく私ばかり見ている。

「今夜は〝克己くん〟とデート？」

「なんでよ。早く終わるから一緒に帰ろうってだけでしょ」

さやかには、色々話を聞いてもらった手前、克己くんと一緒に住むようになったことはすでに話してあった。

「それよりほら、これ」

さやかの目が私からパソコンに戻るように、指で画面を軽く叩いた。

それでもまだニヤついていたが、コツ、と聞こえた小さなヒールの音に彼女の視線が私の背後に逸れる。

つられて振り向くと、打ち合わせに出ていた綾奈がいつのまにか戻って、複雑そうな顔で私たちを見ていた。

「……おかえり。どうかした？」

さやかが冷ややかな声を彼女に向ける。

すると、綾奈ははっと我に返ったように目を見開いて、すっと視線を外した。

「いえ、ただいま戻りました。お疲れ様です」

「おかえり。お疲れ様」

自分のデスクに戻っていく背中にそう声をかける。

今の話、聞かれただろうか。別に悪いことはしてないのだが、やはり克己くんのことを知られるのは気まずかった。

「気にすることないわよ」

今度はさやかが、パソコン画面を叩いて私の視線を戻させる。

「堂々としてればいいのよ、柚香は悪くないんだから」

「……うん」

「で、これをどうって？」

さっきも説明したはずのフォルダを指差すさやかに苦笑いをしつつ、私は本当に、さやかがいてくれてよかったと心から思った。

退職まであと少しだけれど、彼女がいなかったらきっと私は、もっと気まずい思いで残りの日数を消化していただろう。


仕事を終えた定時過ぎ、さやかは少しだけ残業をしていくというので、私はひとりで社ビルのロビーを抜けた。

外に出たところで、邪魔にならないよう道の端に立ち、スマホを取り出す。

克己くんのメッセージに、【了解】というスタンプだけを送って待ち合わせなどを決めていなかった。

もしまだ間に合うなら、会社の前に迎えに来てもらうより、駅での待ち合わせの方がいいだろうか。そう思ったが、返信する前に彼からのメッセージが届いてしまう。

【もうすぐ着く】

多分、信号待ちの短い時間にスマホを操作しているのだろう。克己くんがどの辺りにいるのかわからないが、運転中に行き先を変更されても困るかもしれない。

大人しくここで待つことにして、目立たない場所に行こうと周囲を見渡す。

その時、ちょうど私の後から社ビルを出てきた綾奈と目が合ってしまった。

「……お疲れ様」

どうにか唇に笑みを浮かべて、彼女が私の横を通り過ぎていくのを待つ。

綾奈は私に会釈しそのまま立ち去ろうとして、けれど目の前でぴたりと足を止めた。

「あのっ……」

ひどく思い詰めた顔をしていて、彼女がなんの話をしようとしているのか、少なくとも仕事の話ではないだろうと予測がつく。

話したくはなかったが、すぐ目の前でまっすぐ向かい合っていれば、さすがに無視もできなかった。

「なに？　どうかしたの？」

「そのっ……私、本当に、申し訳なかったと……」

ぎょっとした。

往来で、目に涙をいっぱい溜めて今にもがばっと頭を下げそうな彼女に、慌てて両手を差し出して制止する。

「ま、待って。人目があるでしょ、声を抑えて」

「すみませ……」

「それに、その話はもういいから。どうしようもないことを、話したくないの」

決して、優しさからの言葉ではない。

綾奈は確かに私を裏切ったかもしれないが、きっと魔が差したのだろう。今の彼女は心底、後悔しているといった顔をしている。

だけどどうして、その謝罪を私が聞かなければいけないのだろう。

聞いたら、許す言葉しか出せなくなる。それで綾奈は、自分が楽になりたいだけじゃないのか。

私の態度に綾奈はぎゅっと表情を歪め、今にも泣き出しそうだった。

その顔を見れば、自分の態度が頑なすぎるのか、わからなくなってくる。

……もう、勘弁して。

ふ、と溜め息を落とし、それから大きく息を吸った。

「綾奈」

名前を呼ぶと、彼女はびくっと首を竦める。返事はなかったけれど、私は構わず続けた。

「私は、ふたりのこと許せない。けど、そうやって憎み続けるのも嫌なの。だからちゃんと、新しいスタートを切りたい」

まだ退職することは言わないけれど、全部忘れて前向きに生きていきたい、そう思っていることは伝えたかった。

「綾奈も新田さんも、そうしてくれていいと思ってる。だから謝る必要ないから」

結局これで、彼女の気を楽にさせることに一役買うことになるのかな？

そうちらりと頭を過ったけれど、もうそれでもいいかと思った。

ぽん、と彼女の肩を叩く。

これで話はおしまいだという意味だったのだが、彼女はまだ暗い顔をしていた。

「新しいスタートって……昼間言ってた、彼氏さんのことですか」

「えっ？　違うよ。あれは幼馴染の話」

やっぱり聞かれていたのか、と少し気まずい。

それなら確かに、〝新しいスタート〟イコール〝新しい恋〟に聞こえるだろう。

まだなにか言いたげな綾奈の顔を覗き込む。

「……ねえ。一体どうしたの？」

「でもっ……新田さんは……まだ……」

「え？」

語尾が小さくなり、はっきりとは聞こえなかった。

思い詰めた表情で黙り込んでしまった綾奈だったが、

「柚香？」

克己くんの声が聞こえて、私は顔を上げた。綾奈も、はっと言葉を呑み込む。

「迎えに来たけど、まだ仕事か？」

ビジネススーツに身を包んだ彼が、私と綾奈の顔を交互に見ていた。

「ううん」と首を振って再び綾奈に視線を戻すと、彼女はきゅっと唇を引き結ぶ。

「綾奈？　あの……」

「すみませんでした！　急に呼び止めて」

きり、と表情を引きしめ口角を上げた彼女は、少し無理をしているように見えた。

「私はいいけど……」

「お疲れ様です。聞いていただいてありがとうございました」

綾奈がそう言うなら、もう私に彼女を引き留める理由はない。

「……お疲れ様」

背筋を伸ばして、駅の方へ歩いていく綾奈を見送るしかなかった。

しばらくその背中を見ていると、するりと髪に触れられた感触がして隣を見上げる。克己くんが、ひどく複雑そうな表情で私を見下ろしていた。

「……今のって」

多分、破談の話を延々と克己くんに聞いてもらっていた時、綾奈の名前を出していたと思う。それと、私たちの間に流れていた微妙な空気が彼にも伝わったんだろう。

「うん……新田さんの、その、相手」

認めると、克己くんは思いっきり呆れた顔をした。

「お前……」

「なんか、すごく思い詰めてた感じだったから……聞くしかなかったというか」

「お人よしにもほどがある」

そんなことを言われても、他にどう対応すればよかったのか。困って頭をかいていると、急に彼の片腕が私の頭を抱き寄せた。

「か、克己くんっ？」

「平気か」

頭を抱かれたまま上向くと、すぐ間近に克己くんの顔があった。真剣な目に見つめられていると、本当に私のことを心配してくれているのだと伝わってくる。

優しい幼馴染の、温かい腕の中。

とくん、とひとつ、胸が騒いだ。

「……うん。大丈夫」

こんなに心強い味方がいてくれるのだから、私は大丈夫だと笑った。

すると克己くんがなぜか、せつなげに目を細める。

「本当に……ほっとけない」

「え？」

「行くぞ」

「わっ」

首に腕が回ったまま、歩き出した彼に引っ張られて、私も慌てて足を動かす。

「悪い、車停めるとこが見つからなくて、ちょっと歩くぞ」

「ちょっ、それはいいけどこの体勢は歩きにくいってば」

ふざけているのかと笑いながら彼の横顔を見れば、彼は眉間に皺を寄せてじっと宙を睨んでいた。

「克己くん？」

「ん？」

「なんか怖い顔してる」

おそるおそる尋ねると、克己くんは低い声で呟いた。

「……いや。あの子の言ってたことがちょっと気になってな」

「え？　どのこと？」

そういえば、克己くんはどこから話を聞いてたのだろう？

彼の返事を待っていたけれど、それを聞かせてくれることはなかった。

克己くんは、黒目だけ動かして私を見て、ふっと溜め息交じりに笑う。

「なんでもない。今日は外で飯食うか？」

「下ごしらえしてあるからすぐ作れるよ？」

昆布は水につけて冷蔵庫に入れてあるから、すぐに出汁がとれる。から揚げにするつもりでお肉も下味をつけてあるし、野菜も素揚げして大根おろしとつゆであっさりと仕上げるつもりだ。揚げ物は準備さえしておけばそれほど時間はかからない。

彼は、「んん……」と唸《うな》って、しばらく悩んでいた。

「……たまには、柚香にも楽させてやりたいけど」

「別に、そんな大変でもないし」

「でも、外で食うより柚香の飯のがうまいんだよな……」

そのひと言に、ぽっと胸の真ん中が温かくなる。

そんなことを言われては、張り切るほかないじゃないか。

「じゃあ、頑張って作るからケーキ買って」

肩を抱きかかえられたまま歩く不自然な姿勢で、甘えたことを言えば、彼がふわりと笑って私の鼻をきゅっと摘まんだ。

どうしよう、とても、幸せだと思ってしまう自分がいる。


夕食を終えて、デザートに帰りに買ったケーキを食べていた時だった。

「ああ、そうだ。今日、母親から連絡があった」

ラフな部屋着に着替えた克己くんが、テーブルの向かいでチーズケーキにフォークを入れている。

私のお皿には、ベリータルトだ。色とりどりの数種類のベリーが、丸い生地からこぼれ落ちそうなほどたくさんのっている。

「克己くんのお母さんから？」

「そう。お見合いのことで」

〝お見合い〟というワードに、ぎく、と頬が強張る。

私のフォークからぽろりとベリーがお皿の上に落ちた。

克己くんがお見合い相手じゃないかという話をしたあの時から、私たちの間であまりその話題には触れていなかった。

ただ、克己くんがおば様に『あまり急かさないでくれ』と伝えてくれているようで、多分それが私の母にも届いているのだろう。

お見合いを提案されて乱暴に切ってしまったあの電話の後、二度母からのメッセージを受け取っている。その内容はお見合いに関してではなく、ただ私を心配しているということと、あとは他愛ないものだった。

電話もかかってきているけれど、気まずくてそれには出ていない。簡単にメッセージだけを返信していて、引っ越したこともまだ伝えられていなかった。

引っ越し先がまさかのお見合い相手のところだなんて、言えるわけがない。

「な、なにか言ってた？」

「ん、まあ、一度みんなで食事しないかって」

「……それって結局お見合いってことだよね」

仲良し一家が久々に集まって食事をするだけのことだとも言えるけれど、母親たちの思惑を考えれば意味合い的には間違いなくお見合いだろう。

フォークで赤いベリーをひとつ突き刺し、「はああ」と思いっきり溜め息をつくと、正面から苦笑いをする気配がした。

「そんなに嫌がられると、ちょっと傷つくな」

「えっ」

慌てて顔を上げれば、克己くんが意地悪な笑みを浮かべて私を見ている。

「克己くんが嫌とかじゃなくてね！　だ、だって」

「うん？」

「克己くんだって困るでしょ？　もう！」

また私の反応を見て、からかって遊んでいるのだ。

そうに違いないはずなのに、克己くんは私の言葉に頷いてはくれなかった。

「困る……っつうか」

フォークでチーズケーキをいじりながら、彼が左手で頬杖をつく。

じっと私を見て、なにか考えてるようだった。

「克己くん？」

「んー……」

少し甘さを含んだようなその視線に、どきりとしながら平静を装う。

克己くんは、ふっと口元に笑みを浮かべた後、視線をチーズケーキに移した。

「まあ、気が進まないだろうけど、とりあえず一度、向こうの要望に応えておこうか」

「えっ？」

克己くんだって困るだろうし、当然断るものと思っていたのに意外にも肯定的で驚いて顔を上げる。

「互いの子供を結婚させようって、あのふたりの盛り上がり方、すごいからさ。まあ一度会ってお茶を濁しとけばいいって」

なんでもないことのように淡々とそう言った。

「……そんな上手いことといくかなあ」

「別に、こっちにその気がなければ進みようがないんだから。慌てることないだろ」

フォークを持つ手を止め、克己くんの目が真正面から私を見る。

「柚香がまだそんな気になれないだろ」

「……うん」

じっと私を見据える目が意味深に思えて、戸惑いながら頷いた。

すると、克己くんは小さく口角だけ上げて笑った後、チーズケーキを最後のひとかけまで平らげた。

なんだか、今のニュアンスが、私がその気になりさえすれば話は進む、そんな風に感じたのだが。

気のせいだろうと思い直して、タルトをのせたフォークを口に運ぶ。

「久々に家族同士で会う。それくらいの気持ちで構わないよ。次の日曜、空けといて」

「……ええっ⁉　次の⁉　げほっ」

驚いて咳き込んでしまった。

次の日曜なんていきなりすぎる！

本当に、お見合いはなかったことにするんだよね？

咳き込む私を見て「大丈夫かよ」と苦笑いする彼を、上目遣いに見つめながら。

克己くんがなにを考えているのかよくわからないと内心で首を傾げていた。

恋の罠

家族同士の会食、という名目のお見合い当日。

「ほら、柚香」

ホテルのロビーで、気後れする私に向かって手を差し出す克己くんは、周囲の視線を集めていた。

仕事の時の爽やかさ重視のスーツとは違い、今日の彼はまるで雑誌から抜け出したモデルのようだった。

グレーの生地に同系色で細いチェック柄の入った英国調スーツ、襟元は黒地に青の模様の入ったネクタイを締め、見惚れるほど綺麗に着こなしている。

一緒に住んで見慣れてはきたけれど、隣に立つことには慣れていない。

会食場所は五つ星ホテルのレストランということで、今日は私も薄いブルーグレーのワンピースに真珠のネックレスを合わせ、白のバッグとパンプスという少し綺麗めの出で立ちだ。

差し伸べられた手に戸惑いながらも、スルーするのも失礼なことだとおずおずと手をのせる。

「……ねえ、ちょっと時間ずらして行った方がよくない？　一緒に到着したら不自然だよ」

克己くんのマンションに居候してるってバレてしまいそうな気がする、と思ったのだが。

「大丈夫。柚香と待ち合わせて一緒に行くって言ってある」

「そうなの」

先手を打ってあった。

待ち合わせて、と言ってしまったのなら、もう一緒に向かうしかないだろうと、克己くんに手を引かれてレストランのあるフロアの方へと歩いた。

案内された日本食レストランの個室は、広いお座敷だった。大きな縁側があり、そこから日本庭園が広がっている。

座敷の中央には、すでにふたりの母親がテーブルに向かい合わせに座っていた。

「お待たせしてすみません」

私の手を握ったまま、克己くんが私の母に向かって一礼をする。

「あらあらあら。ふたりともすっかり仲良しじゃない」

母は、ぱあっと顔を輝かせた。

先日私と喧嘩したことなど、気にも留めていないのだろうか。

「柚香が、気後れしている様子だったので」と、いつもより少しよそ行きの笑顔で克己くんは言っていたけれど。

私はぷいっと母を無視して、克己くんのお母様に笑顔を向けた。

「おば様、ご無沙汰してます」

「ほんと、久しぶりねえ。こんな形で会えて嬉しいわ。柚香ちゃん、綺麗になったわね」

おば様は、昔からとてもお洒落な人で、今も綺麗だ。変な若作りをするでもなく、年相応の上品なメイクと服で、それでいて実際の年齢よりも若々しく見える。さばさばして明るい性格も、きっとその美しさを保つ一因だと思う。

家族同士の食事会、と言ってたくせに来ているのはそれぞれの母親のみだ。

「まあ座りなさいよ」と促され、私は母の隣に腰を下ろした。

向かいには、克己くん。

あ、これ。やっぱりどう見ても、お見合いの絵面だ。

運ばれてきた上品なお料理は、さすが美味しくて、つい黙々と箸を進めてしまう。

それは克己くんも同じだった。

母親ふたりは、どうやら電話ではよく話していたようだが会うのは久しぶりらしい。とてもテンションが高かった。

「もう！　親同士が喋ってたって仕方ないじゃないの、克己。なんか柚香ちゃんと話しなさいよ」と、おば様に突然話を振られた克己くんは、眉を寄せた。

「んなこと言ったって、今さらこんなとこで話すようなことも……なあ？」

私に目線と一緒に同意を求めてきて、私も苦笑いをする。

「あるでしょ、ほら、お見合いの席のテンプレなのが」

「あー……柚香さん、ご趣味は」

横からおば様に肩を突かれて、克己くんが面倒くさそうに棒読みで言った。

「えっ、趣味……えーと……読書？　あ、買い物？」

「お前、こういう時はお茶とかお花とか言っとくんだよ」

「えっ。じゃあお花……ってやったことないけど」

あくまでお見合いごっこのような会話に、力が抜けた。

克己くんも「くくっ」と肩を揺らして笑う。

「なんかこれ、意味あんのか」

「そうだよね。お見合いとか変な設定にしなくても、普通にご飯食べに行こうって誘ってくれたらよかったのに」

大体、母親ふたりが妙な設定にするから変なことになったのだ。

笑いながら、料理にまた箸を伸ばしていると、にやっと母親が笑って言った。

「なに言ってるの、ちゃんと意味があるわよ」

にや、と嬉しそうな母親が、こそっと耳打ちをしてきた。

「その方がお互い意識するきっかけになるじゃない」と、ちょっと得意げに言われて眉をひそめる。本当、余計なお世話だ。

素知らぬふりでやり過ごそうとしたが、続けて小声で囁かれた言葉には度肝を抜かれた。

「あんた、克己くん初恋だもんね」

「ごほっ！」

口に入れたばかりの料理が気管に入りそうになって、私はむせた。

「この子ったら慌てて食べるから。ほら大丈夫？」

わざとらしく背中を撫でる母を横目で見ると、にまーっと嬉しそうで。

私は、ぼぼっと全身が熱くなった。

初恋がまさか母にダダ漏れだったなんて！

それに、これでひとつ謎が解けた。なんでこんな時にお見合いなんか、と思っていたが。なるほど、親友の息子を娘婿に、とそれだけで盛り上がっていたわけじゃなかったのだ。初恋相手なら私も再会を喜ぶに違いないと踏んでいたのだ。

確かに喜んだ、喜んだけども！

「大丈夫？　柚香ちゃん、顔真っ赤よ」

おば様にそう言われてテーブルの向かいに視線を戻せば、克己くんも不思議そうにこちらを見ていた。

「な、なんでもないです！　ちょっと苦しいだけです、すみません！」

なんだか目を合わせていられなくて、何度か咳を繰り返して咽喉を落ち着けながら、俯いてしまった。

ほんと……お母さん……勘弁してほしい。

それから、食事があらかた済んで、あとはコーヒーとデザートだけ、という時だった。

ようやくもうすぐ終わる、とほっとしかけていると、「あー、ほら。あとはあれじゃない？」と、おば様が楽しそうに言う。

なんのことかわからなくて首を傾げていると、克己くんはすぐに察したらしい。

「あー、じゃあ、あとは若い者同士で勝手にやるので。母さんたちはデザートでも楽しんでなよ」

あくまで、お見合い進行のまま終わるらしい。

「そうそう、それよ。ほら、そこの庭園に下りられるから」と、おば様は窓の外の美しく整えられた日本庭園を指差した。

「行こう、柚香」

「あ、うん」

言われるままに席を立とうとして少したためらった。横にいる、嬉しそうに笑う母に目を向ける。

今回のお見合いは本当に強引だったし、腹が立っていたけれど、私を心配するゆえなのだ。それはよくわかっている。

そんな母に、私はまだ引っ越したことも話してなくて、どう伝えるべきか迷っていた。

その時だった。

「……その前に。おばさん、柚香のアパートなんですが。解約も迫ってるということなので、俺のところで一度引き取ろうかと思っています。今日はそのお許しをいただきたく、参りました」

いきなりの克己くんのセリフに、母もぴたっと笑顔を固めていた。

「か、克己くんっ⁉」

驚いて見れば、彼は座布団から降り、膝に手をつき深々と頭を下げている。

これにはさすがの母もかなり戸惑ったのか、驚いた顔で言葉も出ない様子だった。

克己くんは構わずに言葉を続けた。

「もちろん、柚香さんの意に沿わないことは致しません。ただ、苦しい状況に置かれたまま放ってはおけないと、彼女にはもう提案してあります」

「それは、同棲ということ？　あんたたちもうそういう仲だったの？」

母が私と克己くんを交互に見ながら、疑問を投げかける。さすがにそこまでは想定していなかったようで、驚きで目が大きく見開かれていた。

「ちっ、違う、そうじゃ」

「再会して、すぐに俺から口説かせていただきました」

「ちょっ……⁉」

えっ？　待って、どうしてそんなこと言うの？

話が違う！

愕然として言葉が出ない間に、克己くんが顔を上げ、立ち上がる。そして私の隣にやってきて母と向き合う形で再び正座をした。

「さっきも手を繋いで入ってきたし、なにか変だなと思ってたのよ」

母は思いもよらない急展開に戸惑ってはいるものの、嬉しそうではあった。

おば様も私と克己くんを交互に見る。その視線は、息子がどう対応するのか見守っているようにも感じた。

「ちが……」

違うの、と言おうとした。だけど突然横から伸びてきた手が、私の手を掴み、ぎゅっと握り合わせる。

克己くんは母ふたりの視線を受け止めながら、もう一度深々と頭を下げた。

「驚かせてしまい、申し訳ありません。ですが、今、柚香をひとりにはしておきたくありません。どうかお許しいただけないでしょうか」

「許しもなにも……私たちは最初からそうなればいいと思ってたから、再会させようとしてたんだもの」

母はしばらく黙って克己くんを見つめていたが、なにを納得したのか頭を下げ続ける彼を笑い飛ばした。

「柚香は頑固なところがあるし、自分のことくらい自分で決めるでしょう。どうぞふたりでよく話し合ってください。どう転んでも、克己くんのことも柚香のことも信用しています。お父さんには上手いこと言っておくわ」

「ありがとうございます」

「お母さん⁉」

まさかの、お許しが出てしまいました……。

ただただ、私ひとりがついていけずに、呆然としたまま、私は克己くんに手を引かれ庭園へと連れ出された。

「待って、克己くんっ！」

「見事なもんだな」

灯篭《とうろう》や石を中心に、敷き詰められた砂利石に砂紋が描かれている。緑の少ない季節だが、確かに見事だった。

克己くんは、踏み石を辿って小さな池にかけられた橋に近づく。私の手を取って、まるでエスコートでもするように。

「ねえ、なんであんなこと言ったの？」

私の声は、明らかに非難めいている。わかっているけど、止められなかった。

適当にお茶を濁して、お見合いのことはなかったことにするのではなかったのか。

一緒に住む了承まで得てしまっては、期待させるだけではないか。

だけど克己くんは、すっとぼけた声で言う。

「あんなことって？」

「だからっ……一緒に住む許可とか、口説かせてもらったとかっ」

「大事な幼馴染を預かるのに、やっぱり了解はとっておかないといけないと思ったし。嘘は言ってない。頑なな柚香が俺を頼ってくれるまで結構四苦八苦したけどな？」

「そんなの口説くって言わないでしょ！」

「そうかな？」

穏やかな微笑みであくまでとぼける克己くんに腹が立って、私は橋の真ん中で立ち止まる。気付いた彼も止まった。

「はぐらかさないで。どうしてあんなこと言ったの？」

ここにきてやっとわかった。

克己くんはお見合いをスルーする気なんてなかったんだと。

騙された。

だけど理由がわからず克己くんを睨むと、彼は作り笑いを引っ込めた。

代わりに浮かんだのは、目を細めて私の反応を楽しむような、意地の悪いもの。

「さあ。どうしてだと思う？」

一歩、二歩と私に近づく。距離が近くなるほどに背丈の違いが顕著《けんちょ》になって、少し背を反らせながら彼を見上げた。

なんだか怖くなって、足が勝手に後ずさる。けれど、繋がれた手がそれを許すはずもなく、逆に引き寄せられてしまった。

私を見下ろす目が、いつもと少し違って妖《あや》しく揺れていた。

左の頬から顎をなぞるようになにかが触れて、びくっと肩が震える。もう片方の克己くんの手が、そっと指先で撫でるようにそこに触れていた。

その指が、私を見つめる目が、幼馴染のものではない、そんな気がして怖くなる。

指先だけだった手が、すっと手のひら全体で私の頬と首筋を撫でた時、私は耐えられなくなってぎゅっと目をつぶり、身体を硬くした。

ぴた、と動きを止める彼の手のひら。

どくどくどく、と高鳴る心臓の音が、彼に伝わっていないだろうかと、それも怖い。

しばらく、そうしていただろうか。

やがて手の温もりが離れていって、ほっとして恐々と目を開ける。

「……別に、今すぐどうこうってことにはならないし。しばらく一緒に住む以上、やっぱり柚香のお母さんには伝えておかないと心配するだろ。住むところがなくなることはわかりきってることだし、聞かれたら嘘を言うわけにもいかない」

見上げると、彼はもういつも通りの空気に戻っていた。

そうしてまた私の手を引き、歩き始める。

「柚香の望まないことにはならないから、心配するなよ」

彼の言葉は、私の質問の答えになっていない。

そのことはわかっていたけれど、それをさらに問い詰める勇気が私にはなかった。

燈る感情

「せっかく、かわいい格好してるんだし、このままどこか出掛けるか」

庭園を少し歩いた後、克己くんの車に乗り、ホテルを出た。

その車の中で、彼の提案に私は警戒してしまう。

当然だと思う。私には『適当にお茶を濁そう』とか言っておいて、いざ来てみれば正反対で、お見合いを成立させ親の許可まで得てしまったのだ。

克己くんがなにを考えてるのか、さっぱりわからない。

「どこかってどこに？」

訝《いぶか》しむ私の態度に気付いていないはずはないのに、彼はまったく素知らぬふりで自分のペースだ。

「そうだな……遊園地？」

「この格好で？　めっちゃ浮くよ？」

スーツとワンピースで遊園地に来てる人なんて、いるだろうか。どう考えても動きづらいし絶対目立つ。

「デートの定番だろ？　柚香好きそうだし」

デ……デート？

これにはどう反応していいのかわからず、狼狽えた挙句に笑ってごまかし、スルーしてしまった。

「遊園地は好きだけど、この格好では行きたくない」

変な汗が出てしまう。

克己くんが近くにいることにこの頃随分慣れてきていたけれど、今日のお見合いで確実に、なにかが変わった。

「じゃあ、水族館でも行くか」

「あ、それなら。遊園地よりはマシかも」

「遊園地はまた、日を改めて行こう」

驚いて運転席を見る。

今日は、天気がよくて、あったかい。窓を開けてそこに片腕を預け、片手でハンドルを握る克己くんの横顔は綺麗で、思わず見惚れた。

本当に、どういうつもりなのだろう。

克己くん曰く、デート。それはとても楽しかった。

警戒していたはずなのに、いつも通りの克己くんを見ていると、意識しすぎるのも馬鹿らしくなってくる。

休日の水族館は人が多くて、一度団体客の波に押されてはぐれそうになり、慌てて手を繋いだ。

それからはずっと、繋いだままだ。

道行く人の目に克己くんが映るのがわかる。そっと後ろを振り向くと、通り過ぎた後も克己くんを目で追っていたりする人もいた。

……かっこいいもんなあ。

薄暗い館内で水槽からのライトに照らされ、陰影が際立った克己くんの顔はとても綺麗だ。

じっと見つめてしまっていて、気付いた克己くんとばちっと目が合った。

私は慌てて、大水槽に目を向ける。

白い砂が敷き詰められた大きな水槽の中を、大小様々な魚が遊泳している。南国の海を切り取ったようだった。

「ゆったりしてて、気持ちよさそう」

大きなエイが優雅に旋回し、その周りを小さな魚がついて回る。

「あれ、なんか克己くんみたい」

「は？　なんで」

「ボスって感じ。いっつも人に囲まれて、慕われて頼られてる感じ」

学生の頃から、そんなイメージだった。

「そうか？　そんなこともないけどな」

いつも人の中心にいる人は、意識もしてないものなのかもしれない。

あのエイの周囲のちっこい魚の中に私がいたのだ、昔は。

「柚香はあれだな」

大水槽から離れて少し歩いた時、克己くんが指差したのは、水中トンネルの中だった。ふよふよと、その場所に漂っているのは、ライトアップされたクラゲだった。

「え、ええー。そうかなあ」

かわいいしクラゲは好きだけれど、クラゲみたいだと言われるとちょっと不本意というか。ふわふわと、地に足のつかない感じだと言われたような気になってしまう。

「私そんなふわふわして頼りなさそう？」

「そうじゃなくて。ふわふわゆるゆる、幸せそうに漂ってんのが似合いそう」

それでもなにか納得がいかなくて、唇を尖らせてクラゲを目で追いながら進んでいく。

「ええー……」

けれど続けてぽそっと呟かれた言葉にまた、どきりとさせられた。

「くだらないことに悩まされずふわふわ笑ってられるように、守ってやれる場所になんでいなかったんだろうな」

意味を含んだセリフに、怖いようなせつないような複雑な感情に襲われ、俯いた。

繋がれた手に、ぎゅっと強く力がこもる。

どうして、そんなことばっかり言うの、今日は。

彼の言葉や態度に、どうしようもなく揺さぶられる。

遥か昔に閉じ込めた初恋の記憶を、揺り起こすかのようだった。

寝室でひとりベッドに腰かけ、今日一日のことを思い出しては夢見心地になったり焦ったり、お風呂上がりだというのにまた汗をかいてしまいそうだ。

水族館の後はドライブで少し遠出をした。ディナーは克己くんのエスコートで、郊外にあるホテルのフレンチレストランを訪れた。

ヒールで歩きすぎて足が痛む私に腕を差し出してくれ、その優しさを思い出しては顔が火照《ほて》り始める。

予定では、お見合いをふたりで適当に流して、穏便に帰ってくるはずだった。なのに、なにもかもが予定外に終わり、それらをどう受け止めたらいいのかわからない。

……気になってる女の人がいるって言ったのに。どうして、私にこんな扱いをするのだろう。

今日一日、彼は私をひとりの女として扱っていたような、そんな気がする。

気のせいなのかな？

だとしたらそんな風に勘違いさせるような態度はやめてほしい。

新田さんと別れたばかりなのに。とっくに終わった初恋のはずなのに。

心の奥深くにしまい込んだ古びたキャンドルに、火をつけられてしまいそうな、そんなイメージ。

ベッドに座ったままぼんやりと物思いにふけっていると、がちゃりとドアノブの音がした。

慌ててベッドに潜り込み、いつものように中央に背を向けた。

きゅっと身体を丸めて目を閉じ、息を整える。

ドアが開いて、克己くんが部屋に入ってきた気配がした。

「柚香？　もう眠ったのか」

克己くんの声に、返事はせずに寝たふりをした。

せっかく、同じベッドで眠ることにも慣れてきていたのに、今日はだめだ。

私、本当にここで眠っていいのかな……なんて今さら思ってももう遅い。

第一、今日からいきなりソファで寝たりしたら、克己くんに変に思われる。

緊張で落ち着かなくて、目は閉じていても耳が勝手に克己くんの立てる音を拾った。

彼が移動するスリッパの音で、だいたいの位置を把握する。

ぎし、とベッドが軋んで、克己くんがいつものように反対側へ潜り込んだのがわかった。僅かな揺れが、何度か続く。

このまま眠ってくれるのだろう、とほっとしかけた時だった。

さら、と髪を撫でられた感触があった。

息を潜める。

瞼に力を入れすぎないように、震えないようにじっと身じろぎもせずにいた。

その間、優しく何度も髪を撫でられる。

息苦しいような、気持ちいいような複雑な心地だった。

そして少し、くすぐったい。

克己くんの、微かな息遣いも聞こえる。

随分長く感じたけれど、多分一分も経ってなかったと思う。

髪を撫でる指が止まって、ほっとしたその時。

ふ、と耳元に吐息がかかる。

一瞬、掠めていく程度の、微かな微かなキスだった。

「おやすみ、柚香」

再びベッドが揺れて、今度こそ克己くんがベッドに横になったのだとわかる。

それ以上はなにもされることなく、いつものように背中合わせの体勢で彼は眠りについたようだ。

私は、ほっと緊張が解けたと同時に、一層走り出した心臓を持て余していた。

恋は落ちるもの

オムレツは、実は綺麗に作るのが苦手なのだけれど、今日はふたつとも上手くいった。焼いたベーコンも添えて、トマトとゆでたブロッコリーものせる。あとは、トースターで温めているロールパンを待つだけ。

よし、と菜箸を流しに置いた時、ふわっと真後ろから抱きすくめられた。

「ひゃっ!」

「おはよう柚香。いいにおい」

私の間抜けな悲鳴など意に介さずお腹に両手を回し、後ろからオムレツの皿を覗き込む。

「もう、克己くん! びっくりするから、後ろから気配を消して近づくのやめてってば」

「別に消してないけどな。柚香が鈍いんじゃないか?」

くすくすと笑う克己くんは、まだ私を解放してはくれない。

あのお見合いの日から、克己くんはこうして接近して私をからかうことが多くなった。料理していれば後ろから邪魔してきたり、突然額や頬にキスしたり。前からそんなところはあったけれど、今は明らかに回数が多いし、わざとやってるのだと私も気付いている。

最初はどぎまぎする一方だったが、いい加減に慣れてきた。というのも、決してそれ以上はしてこない、という安心感もあるからだ。

私が慌てれば慌てるほど、おもしろがってするのだろう、と思ったので、できるだけ平静を装うようにしている。

「克己くん、起きたなら運んで。私はパンを持っていくから」

そのタイミングで、ちょうどトースターが、ちんと鳴った。

ようやく克己くんの腕が解ける。そして油断した。

「了解。オムレツ持っていく」

そう言って、突然ちゅっと耳の近くを啄《ついば》まれた。

びくっ！と固まった私を置いて、克己くんはさっさと皿をふたつテーブルに運んでしまう。

「……すぐ、からかう」

キスされた耳を片手で押さえた。

平静を装ってはいる。けれど、ドキドキしないわけじゃない。

気になる人がいるって言ってたくせに、こんなことばっかりするなんて、克己くんは意地悪だ。

彼が私をからかうたびに、近頃ずっと頭にちらつくのはそのことばかりだった。

とても曖昧な言い方だと思った。

好き、というわけではないのだろうか。それとも、好きだけど叶う恋じゃないから、ということだろうか。

考えれば考えるほどに、なにやらせつない妄想ができあがる。

克己くんは、傍目にもできすぎなほどに格好よくて、社会的地位もあって能力もある。

そんな人でも、叶わない恋なんて……もしかして、既婚者、とか？

浮かんだ妄想に胸の奥が苦しくなって、小さく頭を振った。

「柚香？　パン焼けた？」

テーブルの方から克己くんに呼ばれ、慌てて返事をする。

「焼けた！　すぐ持ってくー」

焼けたロールパンをお皿にのせて深呼吸すると、バターと一緒にテーブルへと運んだ。

朝食を終え、克己くんと一緒にマンションを出る。

出る時間帯が重なれば、いつも会社の最寄駅まで車で送ってくれるのだ。

「今日で最後だろ。お祝いに食事でも行くか」

克己くんのセリフがおかしくて、笑ってしまった。

「自主退職するのにお祝い？」

「お祝いだろ。これから新しくスタートが切れるってことなんだから」

今日で最後の出勤だ、と思うとなんだかしんみりとしてしまったのだけど、その通りだ。

以前、綾奈にも自分でそう言ったじゃないか。

全部終わって、再スタート。そう思う方が、すっきりと頑張れる。

「そっか……うん、お祝いしたいな」

「なにがいい？」

「お鮨《すし》……あ、焼肉もいいなあ」

駅のロータリーの隅に車が止まる。

克己くんの大きな手が、ぽんと私の頭にのって、彼が笑った。

「さすがに今日は残業もないだろ。定時に迎えに来る」

「うん。けど克己くんは大丈夫なの？　お仕事の都合でいいよ」

「問題ないだろ。遅れるようなら連絡する」

わかった、と頷いて、助手席から降りる。

こんな風に、すがすがしい気持ちで最後の出勤日を迎えられるとは思わなかった。

それは間違いなく、克己くんのお陰だ。

窓越しに目が合って克己くんは頷き、私は小さく手を振った。

克己くんの車が見えなくなるのを見送って、深呼吸をする。

よし、と気合いを入れて、会社へ向かおうと振り向いた時だった。鋭く、冷ややかな視線に気が付いて、足が竦んだ。

新田さんが、物言いたげにじっとこちらを睨んでいるところだった。

私と新田さんの間を、人の波が流れていく。それでも、視線は私を鋭く射抜いたままで、まるで金縛りにあったように足が動かなかった。

多分、今私が克己くんの車から降りてきたところを見られていたのだろう。

だけど、だからといってこんな顔で睨まれる筋合いはどこにもないはずだ。

私たちはもう無関係で、彼には綾奈がいるのだから。

理由の見つからない新田さんの怒りに戸惑う。

一歩彼が私に近づいた時、一気に恐怖感が増して弾かれたように会社に向かって走り出す。

人目がある。さすがに追いかけては来ないだろう。

それでもずっと早足で歩き続け、前方に気の許せる相手の背中を見つけた時にやっと、ほっとした。

「さやか！　おはよ」

「柚香」

隣に並んで一緒に歩き始める。

そっと後ろを振り向いたが、新田さんの姿は見えなかった。

「おはよー、いよいよ最後だねえ」

「うん、もう引き継ぎは終わったし、今日はヘルプするだけだから。さやかはしばらく大変だろうし、今日できる限りのことやっとこうね」

「助かる。でも寂しいなあ」

「遊びに来てよ、克己くんもいいって言ってたから」

笑いながらも、つい周囲を見渡す。それからさやかの腕を取って、そっと耳元で話した。

「あはは。夜景綺麗だよ」

「行く行く！　タワマン登ってみたい」


さやかのことだから、ちゃんとわかってくれてると思うけれど、念のため。

「あのね、一応、幼馴染と一緒に住むことになったとか、そのことは誰にも内緒にしといてね」

「わかってるわよ。言うわけないでしょ、そんなの」

「うん、でもまあ、念のため」

もう一度、後ろを確認する。

新田さんも当然同じ方向に歩いているはずだが、距離を保ったままなのだろうか、やっぱり見えない。

ほっとしたけれど、あの冷ややかな目を思い出すと、ぶる、と身震いがした。

その日の部署朝礼で、私の退職が初めてさやか以外の人間にも知らされた。

微妙なざわめきの中、努めて明るく、突然になってしまったことのお詫びを伝え、

「残り一日をよろしくお願いします」と頭を下げる。

すっと全員に目を走らせた時、ほっとしたような綾奈と、心底驚いている新田さんの表情が印象的だった。

朝礼が終わり、何人かが心配して声をかけてくれたが、円満退職だから大丈夫だと、それだけははっきりと主張しておいた。

こんな形での終わりは寂しいけれど、それでも大学を出てからこれまで勤めた会社だ。できるだけ妙な遺恨は残したくない。

「なんかね、最近さやかちゃんとよく仕事してたじゃない？　もしかしてそうなのかな、って思ってたの」

「すみません。引き継ぎの関係で、さやかだけは知ってたんですけど」

「寂しくなるわー」

何人かは、きっと新田さんとの破談が理由だと思っているに違いない。

それも決して間違いではない。だけど、それだけでもなくて、詳しい事情を尋ねられたら憂鬱だなと多少身構えていたのだが、さすがにそこは聞いてはまずいと思ってくれたのだろう。

和やかに一日は過ぎ、最後、昼休みに急いで買ってきてくれたのだろう花束を部署の皆からもらい、定時を迎えた。

「よかったね、いい雰囲気で終われて」

「うん。さやかも、ありがとう」

会社を出て、駅までの道をさやかとふたりで歩く。

もうこうして、この流れで飲みに行ったり買い物に行ったりすることもないのだと思うと、やはり寂しさが押し寄せてくる。

私物を入れた紙袋が、がさがさと歩く速度と同じテンポで揺れる。

淡いピンクとオレンジの花を集めた花束は、ふんわりといい香りがした。

「ね、よかったらこれから飲みに行かない？」

さやかがそう誘ってくれたけれど、今日は克己くんと約束をしてしまっている。

「あ……これから克己くんと食事に行く約束になってて」

片手を顔の前で立てて、ごめんとジェスチャーする。

すると、さやかがまた、にまあっと笑った。

また、というのは、この頃私が克己くんの話をするたびにこれだからだ。

「いいわよいいわよ。またね」

「うん、また後日、絶対！」

駅のロータリーの、今朝、降ろしてもらったところで待つことにして、さやかに手を振る。改札を通って人波に消えていくのを確認して、ベンチに腰を下ろした。

ちょっと遅れる、と連絡は入っていた。

こっちも会社からスローペースで歩いてきたし、それほど待つこともないだろう。

スマホで一度時間を確認してから、再びバッグにしまう。

夜はさすがに冷えて、コートの上からふわりとショールを羽織って風を防ぎながら、通りの向こうから克己くんの車が現れるのを待っていた。

「今朝の男と待ち合わせか？」

感情のない、低い声が真後ろから聞こえ慌てて上半身を振り向かせた。

「……新田さん」

ベンチの後ろにいたのは、新田さんだった。今朝と同じ冷たい目で、口元はなにか不快なものでも見ているように歪められている。

「お前も、結構したたかなんだな」

「……どういう意味？」

「別れてもう新しい男がいるとは思わなかった。そのくせ、職場では被害者ですって顔して同情引いて……いいよな女は。泣けば味方してもらえるんだから」

呆れた屁理屈をぶつけられ、絶句してしまう。

なにを言ってるのだろう、この人は。私を泣かせてくれなかったのはあなたじゃないか、とふつふつと怒りが込み上げてくる。

新田さんの前では泣けなかった。気の許せるさやかと、克己くんだけが私の涙を受け止めてくれたのだ。

決して、職場の同僚に、誰彼構わず泣いてみせたわけじゃない。

馬鹿馬鹿しい、とベンチから腰を上げて、その場を去ろうと歩き出した。けれど、彼は後を追いかけてきて、さらに続いた言葉はもっと私を貶《おとし》めるものだった。

「よく考えたらお前、随分あっさり別れるって言ったよな。もうちょい揉めるかと思ったのに」

「なにが言いたいの？」

「お前も、浮気してたんだろ。だからちょうどいいって思ったんだろうが」

……それは。

私が、新田さんと克己くんと、二股をかけていたってこと？

新田さんの言葉があまりに衝撃的で、意味を把握するのに数秒の時間が必要で。

カッと頭に血が上り、彼に向かって平手を繰り出すのが遅くなった。

ひゅっ、と私の手が空を切る。けれど、小気味よい音も衝撃も来なかった。新田さんに手首を掴まれ、防がれてしまったからだ。

「離して！」

心底、殴ってやりたい。

いやむしろ、一発くらいあえて受けるくらいの気概はないのだろうか。

自分が私になにをしたのか、忘れてしまったのか。

「いいよな、自分だけ被害者面で挙句逃げ出して。俺はずっと針のムシロだよ、これからも」

ひどい言いがかりだ。私を睨む目も、理不尽だ。

馬鹿にしないで、と怒鳴りつけそうになったけれど、呑み込んだ。

彼の目は、間近で見れば昏《くら》く澱《よど》んでいた。表情には憔悴した様子も感じられて、ひどく疲れているのがわかったからだ。

深呼吸をして、気を落ち着ける。感情的になったら負けだ。

「……もう、関係ないけど。勝手な言いがかりつけるのはやめて。彼は、子供の頃からの幼馴染でそれだけだから。再会したのだって、破談になった後だよ」

「どうだか。口ではなんとでも言えるよな」

呆れてしまう。

ああ言えばこう言う、きっと私がなにを言っても信じてはもらえないのだろう。

そう思うと、もうどうでもいいかと諦めの境地にもなる。もう無関係になる人だ、どう思われようと構わないと思った。

「……好きに妄想してくれていいけど」

「なんだと？」

「ひと言言わせてもらうけど、被害者面って言うけど私間違いなく被害者だよね？それに新田さんが会社で居心地悪いのも全部自業自得でしょ？　一体どうしてほしかったの？　泣いて縋って別れてほしくないって言ったらどうなった？　どうしたって綾奈のお腹に赤ちゃんがいる以上、別れるしかないじゃない」

冷静に、冷静にと思っていたつもりだったけど、やっぱりかなり頭にきていたらしい。徐々に早口になって畳みかけてしまった。

新田さんの目が、さらに険しくなっていく。

「とにかく、私はもう無関係だから。早く手を離して」

「そういうとこが冷たいって言ってんだよ！　感情の問題だろ！」

「私が感情を向けられないようにしたのはあなたじゃない！　自分がしんどいからって八つ当たりしないでよ！」

どうして、こんなことになったんだろう。

綺麗に別れるなんて、事情が事情だけに無理な話だけれど。

せめて互いに潔く、ありたかった。

掴まれたままの手首の痛みにも、心の痛みにも、じわりと涙腺が刺激される。

嫌だ、絶対新田さんの前では泣かない。

ぐっと奥歯を噛みしめた次の瞬間、突然その手が解放された。

「柚香に触れないでくれるかな」

その冷たい声は、新田さんのものではない。

克己くんのものだ、と気付いた途端、ぐいっと肩を引き寄せられる。

私は、克己くんの腕の中にいて。新田さんは、彼に腕を捻《ひね》り上げられていた。

「まったく……ふたりして往来でなにやってんだ」

呆れた声でそう言いながら、克己くんはぎりぎりと新田さんの手首を捻る。

新田さんが痛みに顔を歪めながら、「離せ！」と叫ぶと、ぱっと手のひらを広げた。

反動で、よろよろと後ろに下がった新田さんは、またあの嫌な目で私と克己くんを睨んで言った。

「ほら、やっぱできてんじゃねえか」

「だから！　違うって……」

克己くんまで馬鹿にするその言葉にすぐさま反論しようとしたが、ぽんっと突然頭に手を置かれて止まってしまった。

「はい、どうどう。感情的になるな。牙剥《きば》かない、毛を逆立てない」

まるで猫を宥めるような言い草で、ぽんぽんと優しく頭を叩かれる。

冷静な克己くんの声で、徐々に頭が冷えてくる。

自分が息を荒くしていたことにも気が付いて、身体の力を抜くと膝が震えた。

がくがくして、上手く立てない。

肩に回った克己くんの手に、ぎゅっと力が込められ支えられる。私は、足と同じように震えている手で彼のスーツにしがみついた。

「……あんた。柚香の元婚約者の、新田さん？」

頭上から、克己くんの声がする。新田さんからの返事は聞こえなかったが、克己くんの言葉が続く。

「別に、あんたにどう思われようとこっちはまったくどうでもいいわけなんだけど、ひとつだけ言わせてもらおうかな」

なにを言うつもりだろう、とハラハラしながら彼の胸に耳を押し付ける。

もう私には新田さんと相対する気力は残っていなくて、克己くんに任せるほかなかった。

そして、聞こえた言葉は思いがけないものだった。

「礼を言いたかった。柚香をフリーに戻してくれてありがとう」

「は……？」と訝しむ声が聞こえる。

私も克己くんの顔を見上げようと身じろぎしたけれど、しっかりと肩を抱かれたままでは思うようにいかない。

それでも斜め下から見えたのは、まっすぐに新田さんを見据える目と挑戦的に笑う口元だった。

「おかげで再会できたんだ、感謝するよ。彼女のことは心配なさらずに」

「は、誰が心配なんか」

「そうですか。ではどうぞ、そちらもお幸せに」

ずっと前を見ていた克己くんが、視線を落とした。新田さんに向けていたものとは違う、優しく包み込むような穏やかな微笑みに引き込まれ、目も離せない。

「彼女は俺が守りますよ」

じっと見つめられながらそんな言葉を言われ、涙が滲んだ。

なんで、そんなこと言うの。

もしかして、と勘違いをしてしまいそうになる。

潤む視界に、克己くんの顔が近づく。

額に優しく口づけられて、彼はもう新田さんのことなど気にも留めていなかった。

「行こう、柚香」

抱きかかえられたまま、歩き始める。

興奮してまったく気付いていなかったけど、僅かに離れた場所に克己くんの車が停まっていた。

支えられながら一歩一歩、歩く。

歩きながら、私は気付いてしまった自分の気持ちに混乱し始めていた。

嬉しかった。

守ります、と言ってくれたことが嬉しかった。

それなのに、それが幼馴染としての言葉だと思うと、胸が苦しい。

苦しいくらいに、克己くんが好きだ。

掘り起こしてはいけないと、胸の奥に閉じ込めたはずの恋慕だった。だからたとえ克己くんに優しくされたり甘い意地悪をけしかけられても、まともに受け取ってはいけないとセーブし続けていた。

だけどもう、ごまかせない。

初恋をどれだけ閉じ込めても無駄だった。

私は想い出の中じゃない、今の克己くんに、再び恋に落ちてしまったのだ。

私を抱えて離さない、力強い腕に涙が滲む。

どれだけ頼もしく温かくとも、この腕に縋っていいのかどうかわからない。

そのことが、一層私の胸を苦しくさせた。

助手席に乗せられ、シートベルトをするとすぐに運転席に克己くんが乗り込んでくる。バン！と閉まった扉の音が大きくて、驚いて彼の横顔を見た。

「お前なあ！」

いきなり大きな声を出され、わけがわからなかった。さっきまでの優しい笑顔はなんだったのと思うくらいに怖い顔で、思わず身を竦めてしまう。

「絡まれたんなら、すぐ逃げるか助け呼べ。なに応戦してんだ」

「ご、ごめん」

「逆上されて怪我でもしたらどうすんだよ！」

まさか、こんなに怒鳴られるとは思っていなくて、驚いて固まったままもう一度、「ごめんなさい」と口にする。

克己くんに本気で怒られたのは、初めてのことだった。

蚊の鳴くような小さな声になってしまっていて、克己くんが気まずそうに目を逸らし、自分の髪を乱暴にかき上げた。

「……悪い。デカい声出した」

「ううん……私が悪かったの、ごめんなさい」

「腕掴まれてんのが見えて、焦った」

ハンドルに顔を伏せ、深く溜め息をつき、気を落ち着かせようとしているのがわかる。

次に顔を上げた時には、険しさは消えていた。

「心配した」

言いながら、まっすぐに伸びてきた手はためらうことなく私の頬を包む。

労わるように撫でてすぐに離れていったけれど、たったそれだけの仕草に私の鼓動は反応してしまう。

……だめだ。ドキドキして止まらない。

自分の気持ちを自覚してしまったから、余計なのかもしれない。

「……じゃ、行くか。鮨、予約してあるから」

彼が改めてハンドルを握り、左手がサイドブレーキを外した。ゆっくりと車が走り出し、国道の車の流れに合流する。

私は、さっきからずっと気になっていたことを口にした。

「ね、あんな言い方して、誤解されたよ多分」

私を守るって言ってくれた。克己くんは幼馴染として、という意味で使ったにすぎないのに。きっと、新田さんが誤解することもわかっててわざと言ったのだと、克己くんの横顔を見て確信した。

「誤解って？　嘘はなにも言ってないけど」

そう言って、にやっと笑う。

「まあ、どう思われてたっていいだろ、もう会うこともないんだし」

確かにその通りで、ただ、ああいう言い方をすることで私が二股をかけていたという新田さんの思い込みを払拭してくれたのだとわかった。

不名誉なレッテルを残さないよう、破談になった後再会して、克己くんが口説いてそばにいるような言い方をしてくれたのだ。

「……ありがとう」

克己くんの優しさに感謝しながらも、これ以上好きになってしまったらどうしようと、それがとても、怖かった。

初恋リベンジ

「美味しかった！　回らないお鮨食べたの、何年ぶりかなあ」

「それはよかった」

今日はお祝いだからとふたりともお酒を飲んでしまい、代行を呼んでマンションに帰ってきた。

「明日は休みだし、もう少し飲むか。シャンパンを買っておいたんだ」

克己くんがキッチンに向かい、冷蔵庫を開ける。中からシャンパンのボトルを出してきたが、克己くんはお鮨屋さんで日本酒を結構飲んでいた。

「大丈夫？　酔ってない？」

「余裕。柚香も飲むだろ」

「うん……じゃあ、おつまみ作る」

「いいよ適当で。チーズがある」

よく見ればシャンパンとは反対の手に、ちゃっかりチーズの箱も握られていた。

「じゃあ、切ってお皿に盛るよ。トマトも出そうかな」

トマトとチーズをスライスして、四角いお皿に交互に並べた。赤と白のコントラストがなかなかかわいらしい。

フォークと一緒にリビングのソファまで持っていくと、克己くんがローテーブルにグラスをふたつ並べ、その前でシャンパンを開けてくれているところだった。

長い指が、慣れた手つきでコルクを固定しているワイヤーを外す。大きな手がボトルネックをしっかり握り、ゆっくりとコルクが抜けて、ポンとガスの抜ける音がした。

「……綺麗」

ふたつ並んだ、細長いシャンパングラスに、数回に分けてシャンパンが注がれる。くるくる回る泡を見るふりをして、私の目はついちらちらと克己くんを見てしまう。シャンパンを注ぐ間も、ぴんと伸びた背筋が綺麗だった。

「じゃあ、もう一回乾杯」

「うん」

ふたり掛けのソファに、隣り合わせで座る。いつもよりさらに、距離が近いような気がした。

そのせいなのか、アルコールのせいなのかわからないが、心臓がドキドキして痛い。

私はまともに目を見られずに、グラスの中に視線を落とす。

すると、彼のグラスがローテーブルに置かれた。

「柚香にひとつ、提案がある。仕事が見つかるまでの間、うちでバイトしないか？」

「えっ？」

彼の提案に顔を上げれば、その時軽く眩暈を感じた。

さすがに今日は少し飲みすぎたのかもしれない。インターバルを置いたからまだ飲めるかと思ったけれど、シャンパンが追い打ちをかけたらしい。

それでもまだ酩酊というほどでもなく、克己くんの言葉くらい把握できる。

「克己くんの会社で、ってこと？」

「そう。もちろん、就職活動の時間も取りたいだろうから、時間は短くていい。面接が入った時はそっち優先で構わない。ちょっとは収入源があった方がいいだろ」

「うん……でも、退職金も入るから、しばらくは大丈夫だけど」

「それは自分のために大事にとっとけ。今まであの会社で頑張った成果だ」

頭がふわふわとしている私と違い、克己くんはまったく問題ないらしく、グラスにシャンパンを注ぎ足している。

私はグラスをほとんど空けられないまま、手の中でぬるくなっていくシャンパンを見ながら言った。

「確かに……家事だけなら、時間に余裕はあるけど……デザイン会社でしょ？　私にできることあるかな」

「ネット販売部にいたんだろ。うちはウェブデザインやウェブ広告が中心だし、頼みたいことは色々ある。柚香がそれを引き受けてくれたら、他の社員が仕事に集中もできる」

「そっか……」

「すぐにとは言わない。しばらくはゆっくり休むのもいい。けど、その後は、手伝ってもらえたら俺も助かる」

……俺も、助かる。

それなら、と思った。克己くんの邪魔にならないで、役に立てるなら、やってみたい。

それに、一緒にいられる時間が増えるかもしれないし、仕事中の克己くんを見てみたいという気持ちもあった。

「正規に就職してくれてもいいんだけど、ちゃんと自分の力で探したいんだろ？」

「うん、それは。ちゃんとしたい。でも、手伝えることがあるなら、嬉しいな」

やっぱり、ちょっと酔ってるかも。

嬉しい、と思ったら素直にへらっと口元が緩んでしまった。

「……っ、柚香、酔ってるか？」

少し焦ったような克己くんの声に、大丈夫だと頭を振った。

でもやっぱり、くらくらと脳が揺れている。

「だいじょうぶ。就職が決まるまで、よろしくお願いします」

ぺこ、と頭を下げたら、グラスも傾いて少し中身がこぼれてしまった。大惨事にならなかったのは、ぎりぎりで克己くんが私の手からグラスを取り上げたからだ。

「あ、ぶね」

「ごめん。ああ、スカート濡れた……」

「もうやめとけ。悪い、飲ませすぎたな」

私のグラスをローテーブルに置き、克己くんが立ち上がる。

「また、意識がはっきりしてる時に言うよ」

「んー、ちゃんとわかってるよ。バイトします」

「はいはい。今日はもう寝ろ。ベッドまで連れてくよ」

しょうがないな、と克己くんが私の両腕を掴んで立たせようとする。

本当に、意識はちゃんとしてるのにな、と思いつつ、確かにこのふらふら具合では信じてもらえないだろうと、促されるままに立ち上がった。

「お風呂入ってない……」

「明日の朝にしとけよ、酔ってるのに入って滑って転んだらシャレにならない」

「どこまでも酔っ払いの扱いに、あははと声を出して笑う。「ほら、やっぱ酔ってるよ」と、彼も呆れながら笑っていた。

とても、楽しくて嬉しい。

学生の頃、諦めた初恋の人と今こうしていることが、まるで夢のようだった。

寝室まで腕を貸してもらいながら歩いて、あと少しでベッド、というところで足がもつれた。

「わっ」

よろけて彼のワイシャツにしがみつき、彼もまた私の身体をしっかりと抱き留める。

「まったく……あぶなっかしい」

頭上から聞こえた克己くんの声が、低く響いた。

場所が場所だからか、急に艶《つや》が増したような声に、ふわ、と漂うお酒の香り。

「ご、ごめん」

慌てて離れようとして、できなかった。彼の腕が私を離してくれなかったのだ。

どく、どく、どく、と心臓が高鳴り始める。

これは、お酒のせいじゃない。

「柚香」

彼のワイシャツの、胸元のボタンばかりを見て、顔を上げられなかった。

「な、なに？　ごめんね、ふらふらして。やっぱ、酔ってるみたい」

俯いたままでそう言ったけれど、返事がない。

私が顔を上げ、彼を見つめるのを待っているような気がした。

でも、今、顔を上げたら。

彼に全部、自分の気持ちがバレてしまう。隠せそうにない。

酔った勢いで、言葉にしてしまいそうだった。

しばらくそうして固まっていると、ふっと笑ったような気配がした。

「柚香は怖がりだな」

「え？」

ふわりと睫毛に、温かい息を感じた。びくっ、と身体が硬くなる。

けれど、克己くんはそれ以上はなにもせず、ゆっくりと私の身体を押す。

よろめいて、ぽすっと座らされたのはベッドの上だった。

彼は背を向け離れていったかと思えば、クローゼットから私のパジャマを出してくれた。

「着替えはできるだろ。おやすみ」

私の膝にパジャマを置くと、ぼんやりしている私の額をぴんっと指で弾く。そのますぐに背を向け、寝室を出ていってしまった。

ぽつん、とひとり残された寝室で閉まった扉を見つめ、寂しさを噛みしめる。

かつて叶わなかった、初恋の人。

再び好きになってしまって、今度は諦めずに伝えられたらいいと思う。

だけど、そう思う心にすぐに、ブレーキがかかる。

克己くんが言っていた〝気になる人〟は、一体どういう人なのだろう。

会社の人なら、バイトをすれば会えるかもしれない。

知りたいような、会うのが怖いような、複雑な気持ちで私はワンピースの背中のファスナーを下ろした。

微かな違和感

翌土曜、朝早いうちに、会わないかと姉から連絡があった。

姉と克己くんは久しぶりのはずだから一緒に行けたらよかったのだけど、彼は仕事でなにかあったらしい。急きょ出勤することになり、渋々出かけていった。

ランチの時間帯、大きな商業施設のある駅で姉と待ち合わせて、近くのカフェに入った。テーブルについた途端、姉は身を乗り出して目をきらきらさせながら、私に迫る。

「柚香、克己と一緒に住んでるってほんと⁉」

あれきりなにも言ってこないから放っておいたけれど、浮かれた母はもう決定事項の如く姉に話してしまったらしい。破談のほとぼりが冷めたら、結婚するかもしれないわ、と。

頭が痛い、と額を押さえる。

そりゃ、私は克己くんが好きだと自覚してしまったし、いいけれど。

克己くんはどう思うかわからないのに。

望みを捨てたわけじゃないが、今はそっとしておいてほしい。

「けど、なにもないから」

「は？　ないってなにが」

「なにがって……だから。その、変な関係じゃないからっ」

変な関係って言い方もどうよ、と自分で思いつつ、それ以上の濁し方が見つからなかった。

姉は「は？」と眉をひそめてとんでもないことを言う。

「え、一緒に住んでなにもないってこと？　そんなことあるの？」

「あるのっ！　お姉ちゃんまで変なこと言わないでよ」

「克己、なにやってんの、ヘタレなの？」

眉間に皺を寄せながら、真剣な顔だ。

姉は昔から活発で男勝りな性格で、学生の頃は克己くんとは親友のような関係を築いていた。

「ヘタレって。克己くんが変なことするわけないでしょ」

まあ、この頃、妙に距離が近い気はするけれど。あれはわざとからかってるのもあるし、気心が知れているからだ。

そう思うことで、私は自分に言い聞かせていた。

本当は、克己くんが時々意味ありげに向ける視線や、含みのある言葉に期待してしまいそうになる自分がいる。

だけど、克己くんの〝気になる人〟の存在もわかっていない。その真相を突き止めようと思うほど、積極的にはなれずにいた。

たとえ自分の気持ちを自覚しても、すぐにその恋に向かっていけるほど、破談で受けたダメージは癒えてはいなかった。

今はまだ、気付いたばかりの自分の気持ちを、大事に温めておきたい。

店員がオーダーを聞きに来て、それぞれランチプレートを頼む。

私はハーブチキンの黒コショウ焼きと焼き野菜のプレートに、セットでカフェオレをつけてもらった。

「今日はお義兄さんは？」

「休みで家にいるわよ」

「よかったの？　外出しても」

「平気よ、全然。疲れてるみたいだったから寝かせといた」

新婚一年のふたりは、子供はまだだがとても仲良しだ。姉の仕事が忙しいから時間はすれ違うことが多いようだけれど、休みを合わせて旅行したりしている。べったりしすぎるわけでなく、かといって離れすぎるわけでもなく、理想の仲良し夫婦だ。

「妹の顔見に行ってくるって言ったら、あんたによろしくって。心配してたわよ」

「お義兄さんにも心配かけて、本当ごめん」

「いやいや。結婚した後で発覚っていう最悪の事態にならなくてよかったわよ。親戚のおばちゃんも皆同じ意見。だからあんたは気にしないでいいのよ」

「うん」

確かに皆同じことを言う。だから最初は、気休めかと素直に受け取りづらい感情もあった。だけど今、改めて思うと本当にその通りだ。

綾奈もお腹の赤ちゃんも、お父さんと一緒に暮らせるし、私も皆に励まされたおかげで新しいスタートが切れた。

「私は本当に大丈夫。お義兄さんにも会いたかったな」

「ああ、まあ、案外近いうちに会えるんじゃない？」

「うん？　そうなの？」

なんだか意味深な言葉のような気がしたけれど、姉が素知らぬ顔でグラスの水を飲んだので、私もそのまま流してしまった。

「あ、そうだ！」

そう、それに、今日はこのことを、ちゃんと謝ろうと思っていたのだ。

「ドレス作ってくれたのに、ごめん。でも、ちゃんと大事にする。今は、ちょっと手元にないんだけど……」

「ああ、大丈夫。聞いてるから」

「えっ？」

「克己が預かってるんでしょ？　聞いてるから大丈夫よ」

「あ、そうなんだ」

ちょっと、引っかかるものがあった。

私と長いこと疎遠だったように、姉とも連絡は取ってないと思っていた。それに、今日姉に会うと言った時も、懐かしそうにはしていたけれどそんな素振りは見せなかったのだ。

電話連絡はしてたのかな？　それにしたって、言ってくれたらいいのに。

卑屈とも思える疎外感が、ちりちりと胸を焼く。

たまたま、言わなかっただけだろうか……。

隠すことでもないから、多分そうなのだろうけど。

「あ、きたきた。お腹空いたあ」

店員がプレートをふたつ持って近づいてくるのを見つけ、姉が嬉しそうに顔をほころばせた。「お待たせしました」とテーブルに置かれたプレートが本当に美味しそうで、野菜の彩りもよく食欲をそそる。

「ね、デザートも食べようね。お姉ちゃんが奢《おご》ったげるから」

「まだ食べる前からデザートの話？　お腹に余裕があったら食べようかな」

いくつになっても男並みに食べるところは変わらないなと、姉を見ていると楽しくて、小さな違和感のことは忘れてしまった。

姉とは、ドレスの採寸などでちょこちょこ会っていたけれど、食事をしたり買い物をしたりしてゆっくり遊ぶのは久しぶりだった。

夕方、解散前に人気のパン屋さんに寄り、姉は旦那さんへのお土産を、私は明日の朝のためにクロワッサンとロールパンを多めに買った。

レジを済ませ、自動ドアを出てすぐにスマホの着信音が鳴る。短い着信で、すぐにメッセージだとわかった。

「あ。克己くん、仕事終わったから迎えに来るって」

「よかったじゃない。じゃあここでバイバイね」

「え。会ってかないの？　車だから送ってくれると思うよ」

そう言ったのだが、姉は少し唸って腕時計に目を落とし、すぐに頭を振った。

「いいわ、電車の時間すぐだし。そっちの方が早い」

「そっかあ……わかった。またね、お姉ちゃん」

「じゃね。元気な顔見れてよかったわ」

ぺん！と額を叩かれて、一瞬目を閉じる。その間に姉は、改札の方へと歩き始めていた。

こういう扱われ方をすると、いまだに姉の中では私は小さな子供なのだろうかと思う時がある。年はふたつしか違わないのに。

姉は面倒見のいい性格ということもあり、昔から姉御肌で誰からも頼りにされていた。

変わらないなあと、懐かしむ。

姉にとって私が子供なのと同じように、克己くんから見てもやっぱり、私は子供っぽいのだろうか。

だからこそ、平気で一緒に住もうなんて言えるのかもしれない。

姉と別れてから、克己くんに今いる場所を連絡すると、十五分ほどで到着した。

「静香は？」

「電車の方が早いって言って帰っちゃった」

「なんだ。相変わらずせっかちなやつだな」

助手席に乗り込んだ私がシートベルトをするのを待って、車が走り出す。

克己くんは笑いながらも、少し残念そうだった。

「会っていったらいいのに、とは言ったんだけどね。旦那さんが待ってるから急ぎたかったのかな」

「ふーん……なんかいいにおいがすんな」

「あ、パン買ったの」

紙の袋の口を開けて運転席の方へ向けると、ちらっと目線だけが横を向いた。すぐに前を向いて、ぷはっと笑う。

「すげえ、買いすぎだろ」

「……明日の朝の分だけど、今日も食べたいかなって。いいにおいだったんだもん」

「じゃあ、晩御飯は外でと思ってたけど、家にする？」

「うん。シチュー作るね。パンに合うでしょ」

うまそう、と克己くんが頬をほころばせる。

こんな顔を真横で見られる幸せに、浸ってしまう。

けど、いつまでも子供扱いは嫌で、だから私は、姉と会ってから心に決めたことを切り出した。

「あのね、ちょっと考えてたんだけど……」

「ん？」

「克己くんの会社でのバイトは、週四日にしたい。あとはちゃんと就活する」

「ああ、それは柚香の好きにしたらいい。都合のいい時だけで曜日はバラバラでも構わないし」

「特にこの日が忙しい、とかがないなら、月曜火曜、木曜金曜にしようかと。きっちり決めて、迷惑かけないようにする」

姉と話しながら、決意したこと。それは、いつまでも子供扱い妹扱いに甘んじていないで、ちゃんと自立することだった。

そして、克己くんの会社にお世話になっている間は、貢献できるように全力でやりたい。仕事もできるんだって、見てもらうチャンスだと思った。

せっかく再会できたのだ。だったら今度こそ、諦めたりせずに努力してみたい。

いつか、この気持ちを告白したいと思った時に、自信を持って『好きです』と言えるように。

「んな、きっちりすることないのに」

「いいの。あ、食事は毎日作るよ。掃除はちょっと、一日おきとかになるかもしれないけど」

「それは分担すればいい。もともとは俺ひとりでやってたんだし……なに、急に」

克己くんの笑顔がちょっと寂しそうになった気がして、心配になって横顔を見つめる。

「んな急に、独り立ちしようとしなくても」

「え?」

「……いや、なんでもない」

なんでもない顔には見えなくて、だけど克己くんが呑み込んだなにかがわからず聞き返した。

彼は、無言で右を向いて顔を逸らし、ハンドルを切る。

私の視線から逃げたような気がした。

気を悪くさせてしまったのだろうかとヒヤヒヤしていたけれど、ちょうど右折する時だったから私の思い過ごし、だったのかもしれない。

克己くんの会社は、オフィスビルの上階の一角に事務所を構えていた。従業員は十人ほどで、男女共に若い人ばかりだった。

パソコンが並ぶワンフロアの奥に、ミーティングルームのドアと、【president】とプレートのかかったドアが並んでいる。プレートの方は、言わずもがな社長室であり克己くんの部屋だ。

「柚香ちゃん、今送ったファイル整理しといてー」

「はあい。あ、ちょっと待ってください、先にこっち済ますので！」

「いーよー」

パソコンの前でカタカタカタ、とキーボードを打つ。

克己くんの会社でバイトをするようになって、ちょっとキータッチは速くなった。だって、パソコンでの入力だとかチェックに加え、取引先とのメールのやりとりなど、やることがとにかく多い。

今の、ちょっと間延びした声の女性は磯原《いそはら》さんといって、克己くんと同い年だが、声と違って仕事は速いし動きもテキパキ。デキるウェブデザイナーさんだ。

私は基本、磯原さんに仕事を教わっている。あとは、他の人の雑用を引き受けたり、お茶を淹れたり。

働き始めて二週間くらいだろうか。まだできることが少なくて一生懸命探すのだけれど、本当に誰でもできる雑用ばかりだ。せめてそれで、他の人の仕事が速く回れば、と思いながらやっている。

克己くんは、社長室にいたり外に出たり、あんまり社内で会うことはない。だけど、たまに全員オフィスに揃っている時には、おやつを買ってきてくれて一緒に食べることもある。社長だからといって偉ぶったところはなくて、みんなとも仲がいい。年齢層が近いからかもしれない。

磯原さんに頼まれた仕事を終わらせたところで、肩と背中が凝り固まっていることに気が付いて、軽く背伸びをする。

「コーヒー淹れましょうか？」とフロアに声をかけたら、無言でパラパラ手が挙がった。今日はみんな集中モードらしい。

静かに立ち上がると手の数を数え、給湯室に向かった。

コーヒーメーカーに水と粉をセットして、スイッチを入れる。

できあがるまでの間、ぐぐっと背中を伸ばしてストレッチでも、と両腕を上げていると。

「立花さん」

突然真後ろから低い声をかけられる。

「はいっ！」

慌てて腕を下ろして振り向くと、克己くんの大学からの友人で副社長の深見さんが立っていた。

克己くんと同じくらいの背の高さで、体格がいい。のそーっと、熊さんみたいに現れるなあ、とこっそり思っているのは秘密だ。

「おかえりなさい、お疲れ様です」

彼は昼以降、克己くんと外出していたはずだが、いつのまにか帰ってきていたらしい。

「ただいま戻りました。俺と篠宮社長の分もコーヒーありますか」

「大丈夫ですよ、多めに作ってあるので」

並べてあるカップの中に、さらにふたつ追加する。

「できたら持っていきますね」

そう言ったのだけれど、深見さんはなぜか給湯室から出ていかなかった。

なにか話があるのだろうかと、首を傾げながら彼に向かい合う。

「あの、なにか？」

「仕事は慣れましたか？」

「あ、はい！　まだ、迷惑ばっかりかけてるかもしれませんが、皆さん優しくて」

深見さんは、すごく変わっている。表情があまり動かないというか、初対面だと怖くて逃げてしまいたくなるような無表情なのだが、その表情で人を気遣うような言葉を言う。

最初、怒られているのか嫌われているのかとびくびくしてしまったが、近頃は少し慣れてきた。

「それはよかった」

「お気遣いありがとうございます」

笑って頭を下げると、ちょっとだけ表情が動いた。

「いや。篠宮がうるさいから」

もしかして、照れているのだろうか。

「克……篠宮社長が？」

意味がわからず首を傾げる。

するると、まるで独り言のように、克己くんに対する文句がぶつぶつぶつぶつとこぼれ出てきた。

「考える隙もないくらい仕事を与えて覚えさせろとかめちゃくちゃなこと言っときながら、次の日には困ってないか見てこいとかそんなら全部自分で見てくりゃいいのに」

「す……すみません、ほんとに……」

恥ずかしさと申し訳なさで、頭を垂れる。

なんとなく気が付いてはいた。克己くんがなにかと私のことで深見さんに頼んでいるのは。

さすがに社員の手前、克己くん本人が私の仕事に関わることは極力ないようにしているのだろう。だけどその分、深見さんにあれやこれやと言っているようで。

「ご迷惑をかけないよう頑張りますので」

「別に迷惑だとは思っていません」

「え？」

「雑務ですがあなたの仕事は丁寧で速い。なので他の社員も助かっています、ありがとう」

ぴし、と背筋を伸ばしたかと思うと、深見さんは深々と頭を下げてくれた。

「いえ、お役に立てているなら、嬉しいです、が」

「おかしいのは篠宮の方です。立花さんだってずっと社会人としてやってきて充分すぎるほどに大人なのに、やけに過保護で」

「はは……過保護発言だと深見さんの方で判断したことに関してはスルーしてもらって大丈夫なので」

ああ、もう。恥ずかしい。

いつまでも妹扱いをされたくなくて、バイトを決めたのに。実際仕事をしてるところは克己くんが忙しくてなかなか見てもらえず、私は今でも妹のままだ。

「立花さん、水曜を休みにしてあるのは就職活動のため、とお伺いしましたが」

「あ、はい。なので明日はお休みなのですが」

「実は立花さんにお任せしたい仕事があり……立花さん、本当に入力ミスもまったくないし、確認作業が細やかでチェックが完璧なんですよね。それで経理の方の仕事も手伝っていただきたく」

「はい、それはもちろん？」

そのことが、水曜休みに関係しているのだろうか、とすぐには理解できなかった。

明日だけ手伝ってほしいという意味なら、面接の予定もないし、職安に行ったり自主的に求人情報を探すだけだから、一日くらいイレギュラーで出勤しても構わない。

だが、どうやらそういうことではなさそうだ。

「仕事が増えますので、できれば水曜も出勤していただければと。もちろん、雇用形態も正社員に」

「うおい！」

深見さんの言葉は、背後からがっしりと頭を掴まれたことでストップした。

「なに俺に黙ってスカウトしようとしてんだよ」

いつのまにか給湯室に入ってきていたらしい。深見さんで見えなかったが、真後ろに克己くんが立っていた。

「か……篠宮社長、お疲れ様です」

「……ああ。お疲れ」

うっかり、克己くんと呼んでしまいそうになった。どうも、深見さんは克己くんに対してまったく気取らないので、私もつい気が抜けてしまう。

「どこの誰だっけ。仕事漬けにしてそのままうちに就職させようとかぶつぶつ言っ……」

「うるせえって」

克己くんが、深見さんの言葉を遮って頭を掴んだままぐぐっと押し下げる。

すると深見さんは案外無抵抗で大人しくなった。

「柚香、俺のコーヒーも」

「あるよ、ちゃんと」

「社長の分は俺が持っていきますので、さっさと仕事済ましてくださいよ。お前しか確認できない書類溜まってんだから早く行け」

大人しくなったのは態度だけで言葉は容赦なかったけれど。

口は悪いけど仲はよさそうなふたりを見てくすくす笑っていると、コーヒーメーカーからの香りがより強く漂い始めた。

「もうできるので、私が持っていきますからお仕事戻ってください」

「いいよ、それならもらっていく」

サーバーからカップふたつにコーヒーを入れると、横からふたつの手が伸びてきてひとつずつ持ち上げる。克己くんがブラックのままひと口すすり、はあっと疲れた溜め息をついた。

「あー、さっさとやるか。帰んの遅くなんのも嫌だしな」

「そうしろ。俺もごめんだ」

さっさと行け、と克己くんを追い立てるようにして、深見さんも給湯室を出ていく。

急に広く感じたのは、狭い給湯室に高身長の男の人がふたりもいて圧迫感があったからだろう。

ふう、と力を抜いてすぐ、ひょいっと深見さんだけがもう一度顔を出した。

「さっきのお誘いは純粋にうちのスタッフの希望ですので、一度真剣に考えていただければ助かります」

「え」

言うだけ言って、深見さんは素早く消えていった。

すごくありがたい話なのだが、本当に甘えてしまっていいのだろうか。

克己くんへの気持ちを自覚してしまっている今、そうすればそばにいられるとも思う。だけど、それではだめなのだ。

深見さんが言ってくれたみたいに本当に役に立てているならいいが、自信はない。

幼馴染だからとか、無職では困るだろうからとか、そんな理由で雇われたくはないのだ。

そんなことでは、いつまでも克己くんの妹ポジションから成長できない。

その日は夕方、克己くんの仕事が終わらず先に帰ることになったところで、磯原さん他、三人の女子社員に拉致《らち》られた。

「ちょっ！　おい！　後で俺も行くからな！」

「社長はどうぞごゆっくりお仕事を！」

うふふ、と笑う磯原さんに引きずられ、連れてこられたのは居酒屋の小さな座敷だった。掘りごたつ式になっていて、足を楽に投げ出せるのがいい。

それにしてもなぜ突然、と思ったら。

「ね！　ね！　社長と同居してるってほんと⁉」

即座に質問攻めにあった。

会社に来てすぐに驚いたのは、克己くんが私と同居することや幼馴染であることも一切隠さず事前に伝えてあったということだ。

「違うでしょ。同棲じゃないの？」

「でも社長は同居だって」

「いやいやいや、男と女が一緒に住んでて」

「お、幼馴染ですから！」

慌ててそう言うと、磯原さんから即座にツッコまれる。

「幼馴染でも男と女でしょ」

それはその通りなのだが、克己くんにとって私は今、妹なのか幼馴染なのか、それともちょっとは女として見てくれているのか、私自身ずっと測りかねているのだ。

「社長ってさ、なんだかんだ遊んでそうなのにあんまり女の噂聞かないからさ」

「そうそう、だから今回みんなびっくりしてさ、これは絶対いつか立花さんを捕まえて話を聞かないとって、みんなで言ってたんだよね」

そこでぴくっと私の耳も反応する。

会社に来れば、克己くんの気になる人の存在がわかるかも、と思ったけれど。

どうやら、今の話からすると、そもそも女性関係が不透明なようだ。

「付き合ってる人とかも、今までいなかったんですか？」

「聞いたことないし見たこともないかな、ここ数年は」

ねえ、と互いに頷き合っている様子を見ていると、どうやら本当のことらしい。

「大学とかのことになるとわかんないけどね」

「それは深見さんが知ってそうだけどね」

「っつかあのふたりが仲良すぎて怪しいって」

「深見さんは彼女いるって」

「あ、そうなんだ」

「って、なんで残念そうなのよー！」

テーブルの中央に置かれた唐揚げや焼き鳥、フライドポテトをみんなでつまみながら、グラスが次々空いていく。

あはは、と賑やかな笑い声が響き、私もついつられて笑った。

「それより、社長と一緒に住んでてどうなの？」

「えっ……どう、と、いうのは？」

またしても話の矛先がこちらに向いてしまった。三人、興味津々にきらきらと輝く目が私に集中する。

「ほら、なんか色っぽい展開とかは」

「ざ、残念ながらそれは」

「えー？」

同時に眉を寄せ、不満げに唇を尖らせた顔が三つ並んだ。

「社長は案外ヘタレなの？」

「あんな女侍《はべ》らせてそうな顔してて？」

「やっぱ女に興味ない部類の人じゃ」

そしてまた克己くんにあらぬ疑いがかかりそうになり、私は「違いますって」と慌てて否定しておいた。

「なんか……気になる人がいるってちらっと聞いたので。私はてっきり、職場の誰かかなってその時思ったんですけど」

どうも、そんな人がいそうな気配もない。

克己くんの会社での女性陣に対する接し方は、親しみはあるのに色恋をにおわせない、ある意味きっぱりと線引きがされているような雰囲気だった。

そう感じたのは、やはり間違いではないらしい。三人共に、それはありえない、というように肩を竦めた。

「ない。それはないね」

「うん。社長がそんな感じだから私たちも最初から、そういう対象で見てないとこあるから」

「そうそう、男としては申し分ない相手だけどね。……あ、でもそういえば」

磯原さんが、目線をきょろっと上向け、なにかを思い出したような素振りを見せる。

全員の目線が彼女に集中した。

「そういや最近、女の人と一緒にいるとこ、見かけたよ」

「えっ？」

つい、身体を前に乗り出してしまった。

「多分社長と同い年くらいかなあ。会社出て駅の方に向かう途中にカフェがあるでしょ。昼休憩にコンビニまで行った時に見かけたんだよね」

「取引先とかではなく？」

「さー、見たことない人だったけどね。なんか親しげだったし」

同い年くらいの、女の人。親しげな。

「それっていつ頃ですか？」

「ほんと最近。一カ月も経ってないと思うけど」

「そうなんですか……」

動揺してしまった。一カ月経ってないなら、もう私と同居を始めた後のことだ。

一緒に暮らし始めてから、日々の会話でお互いの毎日のことはなんとなくわかり合っているような気になっていた。

実際、バイトが休みの日でも、夕食時の会話でなにがあったか報告していて、克己くんもその日のことを話してくれる。雑談の流れでそうなっていて、特に意識してたわけではない。だけど克己くんから、仕事関係以外で誰かと会ったというような話は聞いたことはなかった。

同い年なら、やっぱり大学が一緒だった人とかだろうか。詳しく聞きたい、と思う自分と、それが怖い自分がいる。

動揺を顔に出したつもりはなかったけれど、ぱちっと私と目が合った磯原さんが、慌てたように言葉を訂正した。

「あ、でも、私が憶えてないだけで取引先の誰かだったかも？」

「そうそう、今までそんな気配させなかった人が、そう簡単に尻尾出すはずないし」

「ちょっとその言い方だとやっぱ女いるみたいじゃない」

「いえいえいえ！　そんなお気遣いなく！　ちょっとびっくりしただけですってば！」

ひどく気を使わせてしまい取り繕ったが、私の気持ちは女性陣にはそこはかとなく伝わってしまったのだろう。

気落ちせずに食べて飲んでと、さんざ勧められ、そんなに飲むつもりはなかったのに克己くんが来た頃にはほろ酔いになってしまっていた。

居酒屋を出てすぐのところで、私は酔ってはいるもののどうにかひとりで立っていた。

ひんやりした夜風が、アルコールで火照った顔に心地よい。

「それじゃ社長、ご馳走様でしたー！」

「お前ら最初から俺に奢らせるつもりで柚香拉致っただろ」

「違いますよー！　飲みに誘おうと思っても社長がいっつもさっさと連れて帰っちゃうからじゃないですか。立花さんまたね」

頭がふわふわとしてぼんやりしていたので、ひらひらと帰っていく先輩たちに一拍遅れて慌てて声をかける。

「今日はありがとうございました、楽しかったです！」

「気を付けて帰れよ」

すると、また三人揃って振り向いて手を振ってくれた。

「克己くんの会社はみんな仲良しだねー」

色々同居生活のことなんかも聞かれたし、克己くんが見知らぬ女性と会っていたという気になる情報も耳にしてしまったけれど、それは別としてとても楽しく過ごせた。

「楽しかったか？」

背中があったかくなって、隣を見上げる。その温もりは克己くんが私の背に手を添えたからだ。私を見下ろす目もとても、温かい。

「うん、楽しかった。女同士の飲み会にこんな早く誘ってもらえるとは思わなかった」

「こええなー、女の飲み会ってどんな会話してんだろ」

「あはは。克己くんの話もしたよ」

普通に会話をしたつもり。だけど、そんな目で見つめられれば、当然胸は騒がしくなる。

店のすぐそばのコインパーキングまで歩いて、車の助手席に近づこうとしたらふらついた。気付いた克己くんが抱き留めてくれたけれど。

「大丈夫か」

気遣ってくれた克己くんの声がすぐ耳元で響いて、距離の近さに身体が熱くなる。

「だ、大丈夫。ありがと」

「お前たいして強くないくせに酒好きだよな」

「うん。美味しかったー」

きっとさっきより赤いけれど、全部お酒のせいにしてごまかしてしまおうとわざと酔ったふりをした。

支えられながら車に乗って、シートに身体を沈める。

ふう、とついた溜め息はお酒くさいのが自分でもわかって口元を覆った。

「気分悪いか？」

「んーん、気持ちいい。お酒くさいー」

「はは。本当に酔っ払いだな」

エンジンの音がして、サイドブレーキが外され、車が走り出す。

「酔い醒ましにドライブでも行くか。明日バイトはないだろ」

「うん。でも克己くんは仕事でしょ？」

「別にちょっとくらい遅くなっても問題ねぇよ」

夜の空気と、窓の外を流れる街の灯り、車の赤いバックライト。

とくとくとく、と早鐘を打ち続ける心臓はアルコールのせい。お酒のせいだ。

そう言い訳を見つけてしまったら、いつもより大胆になってしまいそうだった。

雰囲気に呑まれて気持ちを口にしてしまいそうで、怖い。

そう思いながらも頷いていた。

キス未遂

三十分ほど走っただろうか、車を停めて外に出る。

目の前には、煌びやかな工場地帯が広がっていた。

「すごい、綺麗」

不思議な景色だった。あちこちで大小の白い光が点滅している。人工物だけでできあがった未来都市のようで、素っ気なくも感じるけれど綺麗だった。

「たまに見に来るんだよ。都会じゃ星なんて見えないけどこれはこれで、なんとなく、落ち着く」

「落ち着く？」

「自然も綺麗だけど、人間が作ったもんだと思うとちょっと安心する」

「そうなんだ……」

工場地帯を見渡すここは、小高い土地と土地を繋ぐ橋のような場所で、車道に沿って広めの歩道がある。

その手すりに手をのせて眺めていれば、少し目がチカチカとした。

星だとか夜景だとか海だとか、なにかを眺めた時に感じるものは人によって違うと思う。

「私は、なんかちょっと寂しく感じる、かな」

「寂しい？」

「この景色が寂しいとかじゃなくて、人恋しくなるような、感じ」

ざざ、と風が吹く。

四月半ば、春とはいえ夜風は冷たい。

背筋が震え寒いと自覚した瞬間、ふわっと真後ろから体温に包まれた。

ごくごく微かに、爽やかなグリーンの香りがした。克己くんがいつもつけている香水だ。

「か、克己くん？」

戸惑って名前を呼ぶと、私を包む両腕にぎゅっと力がこもる。私の頭に顎をのせているから、真上から低音が響いた。

「ん？」

「あの、ちょっとは寒いけど、我慢できないほどじゃないから」

お酒で酔っていた時よりも、心臓が痛い。

家でからかうみたいに抱きしめられたり頬にキスされたりしてちょっとは慣れた気がしていたのに、今はひどく緊張する。

いつもみたいにからかってるわけじゃないようなそんな気がして。

それは、この景色が作る雰囲気が私にそう思わせているのかもしれない。

「人恋しいんだろ」

私の身体の前で交差して、肩を掴んだ大きな手。

――人恋しいから、抱きしめてくれている。

それなら、まだ風が冷たいからって理由の方が、よかった。

「……やめて」

「なんで？」

顔を振り向かせると、それこそ唇が触れそうなほど、すぐ間近に彼がいて。

近すぎて表情がわからないけれど、目は優しく細められていた。

「……こんな風に、されたら、勘違いしそうになる。なんでこんなことするの？」

いつもただの意地悪だと受け流していることを追及してしまったのは、やっぱりちょっと、お酒の力を借りたからだと思う。

困っている私を助けてくれたり、優しくしたり、からかったり。抱きしめたり、頬や額に冗談交じりにキスをしたりする。

幼馴染にしては、度を越えた接し方ばかりで、私は振り回されて惹きつけられて、頭の中がいつのまにか克己くんひとりに占められてしまっている。

「なんで？」

もう一度聞いた。

じっと目を合わせて、答えを待つのは勇気が必要だった。

一分にも満たない時間だったと思う。だけどすごく長く感じて、目を逸らしてしまいそうになった時。

「……わからない？」

克己くんの両腕の力が緩む。向かい合うように身体の向きを変えられて、彼の両手が私の背後の手すりに置かれた。

「俺が、どうしてこんなことをするのかわからないか」

いつもの意地悪じゃないような気がするのは、彼の目が真剣なものに見えたからだろうか。

風が遠くからなにかの機械音を運んでくる。

「わ、わかんない……」

克己くんにとって、私ってなに？　幼馴染じゃないの？

妹みたいなものだって言ったのに、どうして。

人恋しいなんて、後から思えばまるで誘っているようなセリフだ。恥ずかしいことを口走ってしまったことを後悔して俯きそうになった時、彼が私の額にキスをした。

「……克己く……」

背後は手すり。左右は克己くんの腕に遮られ、閉じ込められている。

上向けば、瞼に吐息が触れてきゅっと目を閉じた。

「柚香……」

いつもの冗談じゃない。吐息の熱さや声の甘さが、なにか違うと感覚に訴えてくる。

ちゅ、と瞼にキスを落とされ、思わず顔を背けてしまったら、耳の縁にキスをされ身体が震えた。

彼が腕を曲げて、手すりと彼の身体に挟まれて、ますます身動きがとれなくなる。

胸を押し返そうとしたら、逆にぴったりと身体を密着させるように、片腕が私の腰を強く抱き寄せた。

「柚香。俺は、見合いの話を本物にしてもいいと思ってる」

「え？」

驚いて顔を上げた私の顔の輪郭を、唇でくすぐるように辿りながら彼の言葉は続く。

「……本物の恋人にって意味だけど。柚香はどうしたい？」

克己くんへの感情を自覚している私に、その囁きはどこまでも甘い蜜のようで素直に頷いてしまいそうになる。

だけど怖い。今も、じくじくと痛む傷が胸の奥にある。

瞼が熱くなって、視界も緩んだ。

彼の唇が、目尻の涙を拭った後、空いた手が私の顎を持ち上げる。

「克己くんっ……でも」

「でも、なに？」

すぐ間近まで、彼の唇が近づき吐息が触れる。

キスをされる、と思ったら、緊張してきゅっと固く唇を結んでしまった。

初めてでもないのに、ひどく緊張してガチガチになっていた。

決して嫌だったわけじゃない。

でも克己くんにはそう、見えてしまったのだろうか。

ふっ、と笑った気配がした後、彼のキスが触れたのは少し上、目と目の間。

「ごめん。急ぎすぎたな」

せつなげな、擦れた声でそう言って、ぎゅうっと強く両腕で私を抱きしめた。

「ここまで慎重に来たってのに」

はああ、と深くなにかを吐き出すような溜め息が私の首筋に当たる。

ついぴくっと身体が反応してしまいながらも、彼の背中に手を回した。

「それ、て、どういう意味……ひゃあっ⁉」

突然、がぶっと首筋にかぶりつかれた感触があり、しかも軽く歯を立てられて変な悲鳴をあげてしまう。

するとそこに顔を埋めたまま、彼がくすくす笑い出した。

「ひゃあってなんだよ」

「だって！　びっくりするでしょ！」

かあああと顔を熱くしながら、結局またからかったのだろうかと頭にきて反論した。

離してもらおうと身じろぎしたが、彼の腕の力は緩まず、顔もまた首筋に逆戻り。

「もう、離してってて……」

「……好きだよ」

首筋の肌に唇をつけながら、はっきりと彼の声が聞こえた。

「俺はお前が好きだ、ゆず」

克己くんの言葉が、頭の中で何度もリピートされた。

それでも本当の出来事だと思えなくて、頭の中が真っ白でまともな返事ができない。

「う、そ」

「じゃないよ」

信じられなかった。

克己くんが、というわけじゃない。この恋が報われるのかもしれないという状況が夢のようだったのだ。

学生の頃はずっと片思いで、そのまま失恋した。バレンタインに女の子とふたりでいるところを見た、それだけで諦めてしまったのはきっと、私が幼馴染で妹扱いでしかないことをちゃんと感じていたからだ。

それが、私の破談で再び会う機会を得て、まだ間もない。

一緒に暮らして、共有する時間が多くなっているとしても、だ。

「柚香は充分、魅力的だ。自信を持っていい」

「そんなわけ……」

「お前はかわいい。傷ついてるくせに誰より優しい。俺が守るって決めたんだ」

そんな夢みたいなことが、起きるもの？　本当に？

抱きしめられた温かい腕の中で、ゆらゆらと心が揺れる。

──克己くんは私を裏切ったりしない？

まだ乾き切らない傷が疼《うず》いて、『私も好き』と言いかける唇を一瞬、引き留めた。

彼が首筋から顔を上げ、呆然と見上げる私の頬に優しく触れる。風でなびく髪を避け、頬の肌を親指で撫でた。

「柚香は焦らなくていい」

「克己くん」

「でも逃がさない」

この頬に触れる温もりを、私はただ信じていればよかったのかもしれない。

だけどこの時はどうしても、素直に頷くことが怖くて。もう傷つきたくはない、と裏切られた傷の痛みが邪魔をして、好きなのに『はい』と言えなくて。

そんな私のこともわかって、彼は『焦らなくていい』と言ってくれたのだと、気付くのはずっと後のことだった。

花嫁は甘やかされる

――ピピピピピピ。

携帯のアラーム音に、うっすらと目を開ける。

けれど、心地よい温かさにまたうつらうつらと二度寝に入りそうになった。

……だめだ、起きなきゃ、と思うけれど、私を包む体温と絡みつくほどよい拘束感に、まだこうしていたいと思ってしまう。

「……ん」

掠れた低い唸り声がして、絡みついていたなにかが動いた。そのなにかは、ベッドサイドに置かれた私のスマホに手を伸ばし、アラームを止めてしまったようだ。

……その正体を、徐々に頭が理解して、同時にようやく覚醒《かくせい》へと向かう。

パチ、と目を開ければすぐ目の前に咽喉仏が見えた。

パジャマは着ているけれど、私は克己くんの胸に抱きしめられて眠っていた。

絡みついていたのは彼の腕と、片足だ。

足は私の腰から下を捕らえていて、ほとんど動けない。というか、重い。

「か、克己くん」

起きて、と促そうにも、彼のどこに触れて起こせばよいやら迷ってしまう。

どうにか、首を動かして顔を上向かせた。

彼はこてん、と枕に頭を落として、まだ眠っているようで。

私は少しだけ身体をずり上げ、彼の寝顔を見つめながら昨夜のことを思い出していた。

これまでも、ずっと同じベッドで寝ていたけれど、それは一緒に寝たというよりもベッドのスペースを右と左に分けてといった感じだった。

でも、昨夜は違った。

ドライブに行った工場地帯で、信じられないような彼の告白を受けた後、再び車で部屋に戻ってくるまで、運転している時以外、彼はずっと私の手を繋いで離さなかった。

いつものように順に浴室を使って、眠る支度を整えた後。

『柚香、おいで』

ベッドに今まで通りに入ろうとしたら、克己くんに手を差し伸べられた。

恐る恐るその手に自分の右手をのせると、そのまま引き寄せられてベッドに一緒に倒れ込み、彼は私を抱きしめたまま『お休み』と言った。

こんな状態で眠れなんて絶対無理だ、とガチガチに身体を硬くしていた私だったが、やがて先に克己くんの方から規則的な寝息が聞こえてきて、そうこうしているうちに私も眠気に襲われた。

人の寝息が、すごく心地よくて。胸に抱きしめられて、体温を感じながら眠ることの幸福感を思い出す。気が付けばすっかり熟睡をしてしまっていた。

整った綺麗な鼻筋、彫りの深い目元。長い睫毛。薄く開いた唇から微かな寝息が聞こえる。

昨日はこの唇が、私の顔や耳や首筋の、あちこちに触れた。そして私の名前を呼んで、好きだと言ってくれた。

やっぱり今も、夢みたいだと思ってしまう。

もしもこうして抱きしめられて眠っていなければ、本当に夢の出来事だったと朝起きて思っていたかもしれない。

綺麗な形の唇を見つめていたら、昨夜の感触にどうしても触れたくなって手を伸ばす。

指先に吐息が触れるくらいのぎりぎりの場所で迷っていれば。

「……ゆず」

「……え？」

唇が動いた。

ぱっと目線を上げれば、克己くんの目が開いて、黒い瞳にしっかりと私が映っていて。

「あっ……お、おはよ」

悪戯《いたずら》が見つかった子供のように、慌てて目を逸らし手を引っ込めようとしたけれど、その行動は読まれていたようですぐに手首を掴まえられた。

そのままころんと真上を向かされ、気が付けば彼が私に覆い被さっている。

真っ黒の瞳は寝起きのそれではなく。

「起きてたのっ……」

「アラームの音で。ゆずがどうするかなって待ってた」

寝顔を見つめていたのも、唇に触れようとしていたのも、全部知られてた。

そう思うと恥ずかしさに顔が火照って、克己くんを恨めしく睨んだが、彼は嬉しそうだった。

「いつ触れてくれるか待ってたけど、待ちきれなくなった」

ちゅ、ちゅ、と唇以外の場所にキスをして、私の額からゆっくりと髪をかき上げベッドに肘をつき、両腕で私の頭を囲う。

「おはよう、ゆず」

朝っぱらから、甘ったるい。

彼が夕べ決めたらしい私の愛称は、子供の頃によく母や姉に呼ばれたものと同じだったが、彼に呼ばれるというだけでまるで印象が違った。

幼名の懐かしさじゃない、甘く優しく、蕩《とろ》けるような響きに聞こえる。

頭を包み込むように両腕で囲われて顔中にキスをされ、甘い空気に慣らされる。

「朝ご飯、作らなきゃ……」

「あー、仕事、行かなきゃな」

だるそうにそう言って、こつんと額を合わせる。しばらくそうしてから、はあっと溜め息をつきようやく彼が起き上がった。

シャワーを浴びてくる、という彼を見送った後、どっと疲れを感じる。

決して嫌なわけじゃない、嬉しいのだけど、キャパオーバーだ。

思えば克己くんと再会してからずっと、なんだかんだと克己くんの言葉に乗せられ、段階を踏んでこの状況に近づいてきた気がする。

「……あれ？　結構計画的？」

服に着替えながら考えて、そういえばここに住むことになった経緯も強引で不自然だったたし、お見合いも適当に合わせてスルーすればいいという話だったのに、行ったらまんまと親公認になってしまった。

最初からこうするつもりだったのだとしたら、いつから計画してたんだろう。そう思えば、ちょっと空恐ろしい。

着替え終えて、簡単に髪をまとめる。

考えるのは一時中断。今日も仕事に行く克己くんに朝ご飯を用意しなければいけない。

昨日は洋食だったから、今日は和食にするつもりだったけれど、夕べはなんだかそれどころじゃなくて昆布出汁をとるのを忘れていた。

オムレツにしようかな。トマトとツナ、それにチーズも入れたら、朝からボリュームがありすぎるだろうか。

気持ちを言葉にするのは怖い。けれど、こうして克己くんのために食事のメニューを考えたりすることができるのは、幸せだった。

『焦らなくていい』

そう言ってくれた克己くんの言葉が、優しくゆっくりと、私の心を解いていくのがわかった。


朝食を綺麗に平らげてくれるのは、毎日のこと。

朝に限らず、作った食事はいつも残さず食べてくれるから、作りがいがある。

ぴしっとスーツを着こなし身支度を整えた彼が玄関で靴を履く。

「ゆずは、今日は一日休みだな」

「うん。あ、就活は、行くけど」

言葉に詰まったのは、克己くんの告白を聞いた今、もしかして私の就活は彼にとってはあまりおもしろくないのではないかと気付いたからだ。

多分彼は、このまま私に自分の会社に就職してほしいと思っているのだろう。

最初からどうも、そんな気がしていた。

「そうか。あまり無理すんなよ」

私を振り向いた彼は優しい笑顔で、就活に反対している素振りは見えない。

「うん、ありがと」

「ずっとうちにいてくれたらそれでいいんだし」

けれど言葉はストレートだった。焦らなくていいとは言っても、自分の主張は曲げるつもりはない彼に、苦笑いでごまかすと。

「行ってきます。早く帰るよ」

ちゅっと、頬にキス。朝からこれで何度目だろう。

からかわれているだけだと思っていたキスは、昨夜の告白から一気に増加した。

だけど相変わらず唇を避けているのは、私の気持ちを聞くのを待ってくれているからだ。

幸せだ。本当に、夢みたいだ。

彼ははっきりと気持ちを言葉にしてくれた。あとは私が自分の気持ちをちゃんと打ち明ければいい。

ただ、両想いだと思えたそこがハッピーエンドのゴールではないと知ってしまったから、まだ少し、一歩進むのが怖い。

だけど、克己くんは待っていてくれると言った。私の心がきちんと向き合えるまで待っていてくれると。

本当に大事に考えてくれているのだと、実感できるほど頬が緩んでしまう。

ただひとつだけ、聞きそびれてしまったことがあった。

……気になる人は、もういいのかな？

忘れていたわけではないけれど、聞くのが怖くてずっと躊躇してしまっている。

「……ちゃんと、聞こう」

きっと、それほどたいしたことじゃなかったのかもしれない。

焦らなくていいと言ってくれたのだ。自分の心の準備ができたらちゃんと聞いて、そして私の気持ちも伝えようと心に決めた。

キッチンに戻り、流し台に浸かっている食器を水で洗いながら、備え付けの食洗器の中に入れていく。

こんな風に、今の幸福感が過去の痛みも洗い流して、ひとつひとつことを進めていく。

過去の恋を忘れるには、新しい恋が一番。

そんなどこかで聞いたことのあるフレーズの意味は、こういうことかと実感していた。

臆病な花嫁の小さな一歩

前の会社が再就職の斡旋をしてくれると言っていたのも、蓋を開けてみれば派遣会社を何軒か紹介されただけだった。

いざとなれば、それでも充分ありがたいのかもしれないが、やはりそれは最後の手段で、正社員として働けるところをまずは探したいと思っていた。

その日、就職活動は思うような求人は見つからず、それでもふたつほどハローワークから連絡を入れてもらったが色好い返事はもらえなかった。

前職のようなネット販売の仕事がしたいとか、そんな贅沢は言えない。どんな仕事でもいいのに……と思った時、矛盾があることに気が付いた。

どんな仕事でもいいなら、それこそ克己くんの会社で働かせてもらえていることを、幸運だと思い素直に受け入れるべきじゃないかと頭を過る。

それでもためらってしまうのは、ただ、克己くんに甘えっぱなしの自分が許せないだけなのだろう。

そして夜。

焦らない、と言ったはずの彼から、私はなぜか速攻で結婚式場のパンフレットをいくつも見せられ、首を傾げている。

「……克己くん？」

夕食を終えてふたりで後片付けをした後、ソファに手招きされて隣に座ると、どっさと重たい紙袋を渡されたのだ。袋の口から中を覗くと数冊のパンフレットが入っていて、それが全部結婚式場のものだった。

パンフレットをローテーブルに並べ、呆然としている私の横で、克己くんはにこにことご機嫌なご様子だが。

「えー……と。焦らないって言わなかった？」

「気持ちはな」

克己くんは並んだうちから一冊手に取り、私にも見えるようにふたりの間で広げる。

ためらいつつも見てみれば、綺麗なガラスのチャペルのある、純白のまばゆい式場だった。

すごく、綺麗だ、けど。

戸惑う私の顔を覗き込みながら、彼が言った。

「逃がさないとも言った」

手が伸びて、私の髪を指ですくい耳にかける。

その色っぽい仕草にどきりとしたけれど、次の瞬間にはにこっと胡散《うさん》くさい愛想笑いを浮かべる。

「どうせいつかこうなるなら、先に話は進めておいた方がいいだろ？」

「ごめん、なにがいいのか全然わからない」

「俺と結婚するのは嫌か？」

そう問いかけた克己くんは、そんなはずはないだろうと自信満々な笑顔だ。

私はぐっと言葉に詰まる。

嫌なはずがない。ただ、気持ちがまだついていかないだけだ。

そんな私の微妙な反応を彼はわかっていて、またひとつ譲歩案を出す。

「別に、すぐにというわけじゃない。焦らないと言った通り、準備もゆっくりで構わない」

「ほんとに？」

「ああ。柚香がいいと言うまで手も出さないし。俺は大人しく『待て』ができてると思うけど？」

その露骨な言い方に、ぎょっとして彼を見た。すると彼はぷっと噴き出して、肩を揺らす。

「すげえ、ゆずはすぐに赤くなるよな」

「克己くんが恥ずかしいこと言うからでしょ？」

「恥ずかしいはないだろ。自分を抑えてるご褒美《ほうび》をゆずからもらうにはどう言いくるめるかと、こっちは一生懸命なのに」

ご褒美って。

言いくるめるって。

「……なにをしたらいいの？」

とんでもないことを言われやしないかとびくびくしながら窺うと、彼の表情がぱっと輝いた。

「お。まさかほんとにもらえるとは思わなかった」

「いらないならなにもしないけど」

「いや、いる。いります。意地悪するなよ」

私をからかってきた人がなにを言う、と思っていれば、急に克己くんが身体の向きを変え、私の腰を持ち上げる。

「えっ？　わっ！」

ひょいっと向かい合わせに跨《また》がるようにして乗せられたのは、克己くんの膝の上だった。

突然の恥ずかしい体勢に、慌てて逃げようとしたけれど腰はがっちり捕まっている。

「な、なにさせる気？」

「キス」

「え？」

「頬でも額でもどこでもいいから、柚香からキスが欲しい」

大胆な格好をさせた割には、克己くんのお願いは本当にささやかなものだった。

膝の上にいるから、私の方がいつもより少し、目線が高い。

「ゆず」

催促するように、名前を呼ばれた。

キスされるのと自分からするのとでは、緊張感が全然違う。

「嫌？」

「じゃ、ない」

「よかった」

嬉しそうに微笑んで、どこでもいいというように目を閉じた。

今朝ベッドで見つめた寝顔と同じ、綺麗な彫りの深い顔立ち。

どこに、と考えた時、目に入ったのは唇だった。

……キス、したい。私も。

けど、ひとつだけ。

「克己くん」

「ん？」

私の呼びかけに、彼が目を閉じたまま答える。けれど、続いた私の言葉にぱちっと目を開けた。

「前に言ってた、気になる人は、もういいの？」

「え……？」

「いつだっけ……あ、そうだ。いきなり当日同居って聞かされた日だ。気になる人がいるって言ってた」

覚えていなかったのか、彼はしばし目線を上向けていたが、数秒過ぎてやっと思い出したらしい。

「ああ。お前が、妙に俺に彼女がいるんじゃないかって疑うから」

「えっ、違うよ。疑うっていうか、もしもそんな人がいたら一緒に住むのはまずいと思って……好きな人とかじゃないの？」

「お前のことが気になってるって言ったら、余計に警戒すると思ったから」

ははっ、と軽く笑って言う彼に、私は唖然とする。

「え。……私？」

「お前が気にする相手じゃないって言っただろ」

確かに言った。けど。

「そっ、そんなの余計に気になったに決まってるでしょ！」

恥ずかしいやらなんやらで、ムカついてバシッと克己くんの肩を平手で叩いた。

彼は、悪いと言いつつなぜか嬉しそうで。

「大事な妹が泣かされてひどい目にあってるって知って、くそ腹が立ってたんだけど。再会したら酒飲んで怒るわ泣きわめくわで、そのくせこっちが手助けしようとしてもなかなか頼ろうとしない、意地っ張りになってて」

「うっ……」

「でも、自力でどうにか立ち直ろうとするくらい、大人になったんだなとか、そのくせ泣き顔は子供みたいだなとか思ったら、気になって気になって、仕方なかった」

気になる人。

それがよもや、自分のことだとは思わなくて、しかも彼の口から聞けたのは私への気持ちの移り変わりだった。

「一緒に住んじまったらもうだめだな。毎日、ゆずのいろんな一面を見せられた。好きな男のために花嫁修業するような健気《けなげ》なことか、泣くのをこらえて笑う儚げな表情とか」

腰を掴んでいた手が片方離れて、私のサイドの髪を撫でて梳き、耳にかける。

愛おしげに私を見つめるその目に、きゅっと苦しくなるほど胸の奥を掴まれた。

「自分を裏切った相手に同情するようなお人よしで、自分の傷も癒えてないくせに、そんなとこばかり見せられたらもう、放っておけなくなった」

彼の言葉が、じんと心に広がり、私を温めて、目が潤んだ。

指が髪の中をくすぐる優しい感触に、目を細める。

「ゆずも気にしてくれてたんだ？」

「え？」

「俺の気になる人が、誰なのか」

嬉しそうに笑う克己くんに、一瞬、言葉に詰まったけれど。

一歩ずつ。一歩ずつ……私は近づこうと決めた。

「……気になるよ。当たり前でしょ」

「じゃあ、これで安心した？」

返事の代わりに、そろ、と克己くんの肩に手をのせる。

私のその手に気が付いて、彼も黙った。

「目、つぶって」

どく、どく、どく、と心臓がうるさい。

目を閉じた克己くんはきっと私が頬か額にキスをする、と思っているだろう。

鼓動が速くなりすぎて、くらくらする。

私は克己くんの肩に少しずつ体重をかけ、前屈みになると、きゅっと目をつぶる。

そして、ごくごく掠めた程度に唇を触れさせたのは、彼の唇だった。

音もしない。一秒もせずに、すぐに離れる。

ぴくっと彼の肩が反応して、薄く目を開けるとすぐ近くで驚いたように見開く黒い瞳があった。

「……あ、焦らなくていいって言ってくれたから」

「から？」

「……キスから、ゆっくり」

そう言って、膝から下りようとしたけれど。

彼がそれを許さない。大きな手が、私の頬を掴まえる。

「じゃあ、俺からもしていい？」

黒い瞳に見つめられ、小さく頷く。

じっと目を合わせながら、ゆっくりと角度を変え、克己くんの唇が近づいた。

ちゅ、と軽く啄まれてから、ふわりと吐息が当たる。

私の様子を確かめつつそれを繰り返すと、何度目かで私の頬にあった手が首筋に移動した。私が後ろへ逃げないように、首筋にある手の指に力がこもる。それから、唇を割り深く重ねられた。

唇同士が内側をくすぐり、そのくすぐったさに思わず身を捩《よじ》る。

もう片方の手の指が、くんと私の顎下を引っ張って、反射的に開いた歯の間から彼の舌が押し入ってくる。

そのまま私の舌先を絡め取られれば、もう逃げることなんてできなかった。

「んっ……ん……」

最初は優しかったキスが、熱く甘く、濃厚な刺激に変わる。

彼の肩に置いた手が、きゅっとシャツを握りしめたけれど、力が上手く入らなかった。

舌を絡めるキスくらい、したことはある。だけど、こんなにも身体の奥から蕩けるような感覚は初めてだった。

濡れた唇が滑って、それがぞくぞくとした快感を生む。

キスって、こんなに官能的なものだったっけ、と頭の片隅でちらりと思う。

「んぅっ……」

息苦しさに顔を背けてしまい、けれどすぐに唇が追いかけてくる。

力が抜ける。

上半身を少しずつ彼に委ねるしかなくなって、がっしりとした腕に支えられながら、気が付けばソファに押し倒されていた。

覆い被さる彼の胸を、力なく押す。

そうしたら、彼が少しだけ唇を離して、囁くような小さな声で言った。

「大丈夫。キスだけ」

「ん……」

「だから、もう少し」

彼の吐息が、熱い。

さしたる抵抗にもならない私の手を、彼の大きな手が優しく包む。

手のひらを合わせ、指を互い違いに握り合わせると、私の頭上、ソファの肘掛けに押し付けた。

ひどく優しい、拘束だった。

「……ゆず」

キスの合間に、せつない声が私を呼ぶ。

「……柚香」

優しく、激しくキスは繰り返される。

こんなに触れ合えるほど近くにいるのに、もっと、もっとと求めてしまうような、せつなくなるキスだった。

花嫁は信じたい

「深見さん。先日話していた経理の仕事、よかったら今教えてもらえたらと思ったんですが」

磯原さんから頼まれた仕事も終わって、今ならと思い、ちょうどオフィスに戻ってきた深見さんに声をかけてみた。

彼は一瞬なんのことかわからなかったらしい。ちょっと視線をよそに向け考えた後、「ああ」と手を打った。

「あれは、立花さんを正式に雇用したいと言うための口実なのでお気遣いなく」

「ちょっ……そうだったんですか」

「その気になってくださいましたか」

「そうですね、今はそのつもりで、今度社長に相談しようと思ってるんですが」

私がそう言うと、深見さんがぴくっと反応する。

漫画みたいな反応の仕方だ。この人はいつ見てもおもしろい。

「それはありがたいです。それなら篠宮を待たなくても今日中に雇用契約書をお渡しします」

「ありがとうございます」

先に克己くんに言った方がよかったかな？

なんだか拗《す》ねそうだな、と思いつつ、契約書にサインをして克己くんに見せれば、それはそれで喜んでくれそうな気もする。

つい、頬が緩んでしまうと、深見さんにツッコまれた。

「なにか心境の変化でもありました？」

「あ、いえ。まあ、たいしたことはないんですけど。働きやすくていい会社だなと、思って」

慌てて、適当な理由をつけてごまかした。

いい会社だと思っているのは本当だけど……心境の変化、の方が大きい。

克己くんに告白されて、ゆっくりで構わないからと言いつつ、速攻で式場のパンフレットを見せられてから一カ月。克己くんとは相変わらずキスだけの関係だけれど、確実に私の心は一歩一歩、前進している。

一緒にパンフレットを眺めて、実際に式場を一カ所見学に行った。ドレスを試着させてもらったり、そこで式を挙げる予定の花嫁さんの写真撮影などを見て、そうして準備を進めることで確かに、疼いた傷が和らいでいくのがわかった。

今となってはもう、克己くんとの結婚に本当に迷いなんてない。

一緒にいればいるほど、彼の優しさに癒される。

次に裏切られたら、私はもう二度と立ち直れないだろうというくらいに、克己くんに心を明け渡してしまっている。

だけど怖くない。克己くんなら信じられると思った。

それほどに、彼は私に対して慎重だった。

はっきり言って、再会してからのことをどれだけ思い出しても、こうなるように彼に仕向けられたとしか、今となっては思えないけれど。

彼の私への気遣いは本物だから、少しの恨み言も出てこない。

「……最近、篠宮も機嫌がいいんですよね」

「え、そう、なんですか」

「もしかして一線……」

「あー！　あー、あー……そういえば篠宮社長は？　あ、コーヒーでも淹れましょうか」

一線越えた、とか際どい質問がきそうで、言葉を遮って話を逸らした。

「今は結構です。篠宮は外出してます」

「え、そうなんですか」

パソコンにかじりついていたからか、全然気が付かなかった。

社長室からはオフィスのフロアを通らなければ、外に出られないはずだけれど。

「最近、なんか忙しそうですね」

「あー……ちょっとね」

深見さんが、はっきりとは言わずに口ごもった。

「え、なんですか？」

「ちょっと、星和堂に」

星和堂。

克己くんの実家の会社だ。

いずれは後を継ぐという話だけれど、まだそんな話は聞いたことがなかったから当面先のことのはずだ。

だとしたらなんの用だろう、と首を傾げた時、今まで自分の仕事に集中していた磯原さんが、ぱっとパソコンの陰から顔を出した。

「えー、もしかして社長、そろそろ星和堂に戻されるの？」

磯原さんがやけに確信めいた声を出す。

「えっ？　そうなんですか？」

「三十歳になるまでには戻らないといけないって、もとからそういう話だったらしいからね、それは皆知ってるの」

「そうだったんですか……」

私は聞いたことのない話だった。

克己くんは今二十八歳だ。まだ二年あるけれど、三十歳がリミットだというなら、いつそんな話が持ち上がっても不思議はない。

ただ、なにかすっきりしないのは……克己くんがそのことについて、一度も触れていないことだ。

克己くんが星和堂に戻ったら、私はどうしたらいいんだろう。ここで働き続けてもいいの？

無関係なことではないのに、どうしてひと言も話してくれないのだろう。

「篠宮社長がいなくなったら、あとは深見さんが？」

「そうなるな」

「えー。大丈夫です？」

「どういう意味だ？」

磯原さんと深見さんのじゃれ合いに笑いながら、心にずっとなにかが引っかかっていた。

今日、帰ったら聞いてみよう。きっと、私がずっとごたごたしてたから、落ち着くまでは話さないでおこうと思ったに違いない。

だけどその日、克己くんは結局夕方になっても戻らず、定時間際になって私のスマホにメッセージが届いた。

【もうすぐ帰るから会社で待ってて】

どうやら遅くなることはないらしい。メッセージの指示通りここで待っていようと思ったけれど、定時になっても彼は戻らなかった。

私は一度退社し、外で待つことにして、帰り支度を始める。

「お疲れ様ー」

「お疲れ様です」

「社長戻ってこなかったね」

「はい、どっかで適当に時間潰してます」

磯原さんと一緒に社ビルを出る。駅までの道のりを歩きながら話をしていた。

「じゃあお茶でも付き合おっか?」

「いいんですか?」

「うん、すぐそこ。あそこのカフェ行こうよ」

磯原さんが指差したのは、広々としたウッドデッキのオープンテラスがあるお洒落な店だった。

「あ……あれ。社長?」

そこに、克己くんと女の人の姿があった。ふたり掛けの小さなテーブルに、向かい合わせに座っている。

「あ……あの向かいに座ってる人、後ろ姿だけど前に見た人かも」

磯原さんが以前言っていた、克己くんが外で会っていた女の人のことだろう。

女性はこちらに背を向けていて、まだ少し距離もあるけれど、私にはそれが誰なのかすぐにわかった。

あの後ろ姿は。

「お姉ちゃん? なんで?」

「えっ!? 柚香ちゃんのお姉さん!?」

ちくんと、胸の中心を針が刺さったような痛みが走る。それがじわじわと、熱く焼けるような痛みになり、広がっていく。

前からお姉ちゃんと会ってたなんて、私、なにも聞いてない。

どうして私に隠すのだろう？

――気になってる女はいるけど。

克己くんのその言葉を最初に聞いた時、私がちらりと考えたことを思い出した。

どうして、そんな曖昧な言い方をしたのだろう。もしかして、叶わない人だから？

確かそう思ったのだ。

お姉ちゃんは既婚者だ、旦那様とラブラブでとっても仲がいい。

本当は、私のことが気になってたんじゃなくて。もしも、克己くんの想い人がお姉ちゃんだったら？

お姉ちゃんと話す克己くんの笑顔は、少し照れたようなものだった。

それが、ずきんと痛みに追い打ちをかける。

ネガティブに考えすぎだ。

――でも、信じてた新田さんだって私に隠しごとをしてた。その挙句、綾奈が妊娠して。

克己くんだって。

いや違う、自分ひとりで考えて思い込んでしまったら、だめだ。

——じゃあ、なんで私に黙って会ってるの？

嫌な憶測が頭に浮かぶたび、打ち消す冷静な自分はちゃんといる。

ちゃんといる、けれど。

「ちょっ……柚香ちゃん!? どうかしたの!?」

置いていかれた、子供の頃の感覚を思い出して、寂しくなった。そして、姉に対する嫉妬の感情が渦巻いて止まらなかった。

ハラハラハラ、と涙がこぼれた私に驚いて、磯原さんの大きな声が響く。

その声が届いたのだろう。克己くんがこっちを見て、驚いた顔をした。

ゆっくりと振り向く姉と目が合うのが、怖い。

私は、ぱっと踵《きびす》を返して、全速力で駆け出した。

「柚香!?」

角を曲がって路地に逃げ込む少し前、克己くんの声が聞こえた気がした。

走って走って走って、なにも考えずにあちこちに路地を曲がりまくった。

感情が爆発して泣いてしまった自分が情けなくて恥ずかしくて、とにかく今はこの顔を誰にも見られたくなかったのだ。

辿り着いたのは、どこかの公園のベンチだ。

学生の頃以来じゃないだろうか。全力疾走して、いつのまにか涙よりも息切れの方が大変だった。

「……どう、しよ」

逃げてしまった。

磯原さんも克己くんもお姉ちゃんも、絶対変に思った。

さんざ走って泣いて、それでいくらか頭に冷静さが戻ったらしい。

よくよく考えてみれば、克己くんがお姉ちゃんを好きだったとしたら、私を代わりになんてそんなひどいことするはずがない。そんな突飛なこと、あるわけがないと思う。

だけど、どうしてふたりで会っていたのだろう？　それに、会社のこともどうして黙ったままだったんだろう。

このまま、今の会社に私が就職してしまえば、遠い場所ではないにせよ、同じ会社では働けなくなることになる。

わからないことが重なって、なおかつふたりでカフェに座っている姿が、新田さんから綾奈の妊娠を聞かされた時の光景にダブって見えた。

だが、だからといって。

「だからって、泣いて逃げるのはだめだ……」

せめて気付かなかったふりでもして通り過ぎればよかったのに。

あんな姿を見せてしまっては、当然心配をかけた上に、後でどうして泣いたのか説明させられてしまう。

お姉ちゃんに嫉妬したなんて、情けなくて言えない。

「……どうしよう。パニクった……」

顔を覆えば、指先に濡れた肌が触れる。

瞼がヒリヒリして痛い。

みっともないくらいに涙でぼろぼろだった。

帰らなければ、と思ったが、電車に乗ろうにも顔がどうなっているのか確認しなければと、バッグの中にあるファンデーションのコンパクトに手を伸ばす。

それより先に目に入ったのは、スマホだった。着信があったことを示すライトの点滅が見える。

慌てて手に取り画面をタップすると、着信履歴がいくつも入っていた。

どうしよう。やっぱり心配をかけてしまった。

多分、私が走り出した直後から、何分かおきに克己くんから不在着信が入っていて、最初が二十分前だ。

そんなに長く走ってただろうか。ここで座り込んでからは、十分くらいは経ってそうな気がするけれど。

最後は、通話着信でなくメッセージだ。【どこにいる?】と簡潔なひと言が五分前に届いていた。

涙の言い訳はまだ思いつかないけれど、とにかく大丈夫だからということは伝えて、これ以上心配をかけないようにしなければいけない。

折り返し電話をかけたが、今度は克己くんの方の携帯が通じなくなっていた。

何度かけ直しても、コール音も鳴らない。

次第に、焦りが胸に広がった。

あれくらいのことで泣いたりして、呆れた? 電話に出ないから怒った?

早く帰って、謝らなければ。そして、どうせ逃げた理由を問い詰められるのだから、今日不安に思ったことも全部吐き出してしまおう。

とにかく今は、一刻も早く帰らないと。

そう思ったら、ぼろぼろになったメイクのことなんかもうどうでもよくなった。

急いで公園を出て、周囲を見回す。

めちゃくちゃに走ったから自分がどこにいるのかもよくわからなくなっている。

いつもの駅はどっちだろう？　私はどっちから走ってきたっけ。

とにかく思いついた方向へまた走って、スマホのナビを使うことはまったく頭に浮かばなかった。

闇雲に走っていたら余計に効率が悪い、と気が付いたその時、進行方向からタクシーが走ってくるのが見え、空車の文字を確認した瞬間、私は片手を挙げていた。

駅まで、と言おうとして、思い直して会社のあるビルの名前を告げた。もしかしたら、マンションじゃなくて会社に一度戻ってるんじゃないかと思ったのだ。

すぐ近くだったのに、運転手さんは嫌な顔ひとつしないでいてくれた。

タクシーの中からも電話をかけてみたけれど、やはりコール音が鳴らない。

電源を落としてる？　電波の届かない場所とかあっただろうか。それとも充電が切れてしまったのかもしれない。

繋がらない以上、私にできるのは克己くんを捜すことで。

社ビルの前でタクシーを降り、エレベーターを上がって、オフィスのある階に着いたけれど、ドアには鍵がかかっていた。中には誰もいないということだ。

となると、あとは一度マンションに帰ってみるしかない。

またビルの外に出ると、さっきのタクシーが小休憩なのか乗車記録でもつけていたのか、まだ止まっていたので、今度はマンションの住所を伝えた。

電車より、タクシーで直行した方が早いと思ったのだ。


自宅のマンションに着き、エレベーターに乗っている時間がいつもより長く感じた。

克己くんの部屋のある階で止まり、ゆっくりと開く扉がじれったい。

小走りで通路を走り、玄関のドアに辿り着く。

鍵を開けて中に入り、まず克己くんの靴がないことにがっかりした。

「……まだ、帰ってない？」

それとも一度帰って、すぐに出ていった？

リビング、キッチン、寝室を見て回って、朝からなにも変わってないことを確認する。

帰ってきた形跡が、どこにもない。

私を捜してるのかもしれない。

……そうだ、きっと、捜してるんだ。

それは、確信できた。

じゃあどこを？

そこにきてやっと、私は自分がタクシーに乗ったことが間違いだったと気が付いた。

捜してるならきっと駅周辺だ。歩いて駅まで行けば、克己くんに会えたかもしれないのに。

再び外に出ようと玄関に向かい、急いでパンプスに足を突っ込もうとしたら慌てているせいかコロコロ転がって焦ってしまう。

こうしてる間にも、克己くんはまだ駅周辺を捜しているかもしれなくて、早く行かなきゃ行き違いになるかもしれなくて。

どうにか履いてドアを開け、外に飛び出した、その時だ。

「ひゃっ⁉」

開けてすぐ、目の前に立ちふさがる人にぶつかりそうになって、一歩下がった。

驚いて見上げれば、彼もまた驚いた顔で私を見ていて。

「……ゆず！」

徐々に険しい顔に変わり、いきなり腕を掴まれた。

「いたっ」

「どこに行くつもりだ？」

私の腕を掴んだまま、出てきたばかりの部屋の中へ強引に押し込まれた。かしゃん、と彼がドアに鍵をかける。

「行くとこなんかないくせに、どこに行くつもりだった」

「ち、違うよ！　そうじゃなくて」

「なに」

「克己くんを捜しに行こうと思ったの！　携帯にかけても繋がらないし……」

そう説明すると、彼が拍子抜けしたように目を見開く。それからじわじわと表情から険しさが抜けるにつれて、私の腕を掴む手もゆるんだ。

「充電、途中で切れちまって。悪い」

ふるる、と首を横に振った。

悪いのは私なのだ。

彼が、深く長く息を吐き出す。それから髪をかき上げて、目を細め、「……捜した」と言った。

よく見れば、髪は乱れて汗で濡れている。ワイシャツの襟元も乱暴に緩められて、いつもぴしっと身だしなみを整えている克己くんらしくなかった。

「あの店の周りから、駅までの道とか、捜し回ったんだぞ。お前、足速えよ」

「……つい。路地とか入ってぐるぐる回ったから」

まくつもりで。

そう言うと、彼は苦笑いをして脱力する。そして、私の頬に手を添えた。

「なんで逃げた」

「あ……」

「なんで泣いた？」

「えっ……と……」

悲しそうな目で見つめられ、俯いて一歩後ずさる。

私の腕を捕らえる手はもうそれほど強くはないけれど、それでも離すまいとまだ掴まれたままだ。

恥ずかしいし、情けないけれど、観念するしかなく、私は恐々口を開く。

「お、お姉ちゃんと、一緒にいた」

「用があるからだ。静香となにかあるわけないだろ」

「でも、何度か会ってるの見た人がいる。なのに、私全然聞いたことないよ？　なんでもないなら、普通は話すよね？　私、毎日一緒にいるのに」

話しているうちに、またポロポロと涙が出てきた。

お姉ちゃんとなんでもないのは、わかってる。こうして顔を見て話せば、疑う余地がないのは伝わる。

だけど、ふたりの姿を見た瞬間の衝撃は、思い出しても泣けてしまう。

「な、なんで私だけ知らないの？　なんでふたりだけで会ってて、私には話してもくれないの？」

大人になったところを見せたかったはずなのに、子供みたいなヤキモチをぶつけた。

「それに、星和堂に戻るって本当？　なのに私を会社に入れたの？　そのこともだよ、なんで言ってくれないの？」

克己くんがいなくても、仕事は仕事だ。それを理由に辞めるなんてできない。だけど、どうして話してくれないのか。

こんなに悲しいのは、私を好きと言いながら隠しごとをされたからだ。

「仕事でもなく、女の人とふたりで会うなんてやだ。相手がお姉ちゃんでもやだ。その上隠しごとされたらもっと嫌」

うのだ。嘘をついて、こそこそと綾奈と会っていた新田さんを、どうしても思い出してしま
ああ、やだ。みっともない。

でも口に出せて、すっきりはした。

俯いたまま、ずずっと鼻を鳴らして顔を上げられずにいると、ふうっと溜め息が落ちてきた。

ずきん、と心が痛む。

けれど、次に聞こえた克己くんの声は、とても優しいものだった。

「……ゆず。靴脱いで」

「え?」

「とりあえず、中に入ろう」

腕を掴んでいた手を滑らせて、私の手を握る。

言われるままに脱ぐと、手を引かれて廊下をリビングの方へと歩いた。

とぼとぼ、といった表現がぴったりはまりそうな私の歩幅に、焦ることなくゆっくりと彼も合わせてくれている。

リビングのソファまで来ると、彼が先に腰かけた。正面に私を立たせ、自分の膝の

間に引き寄せる。そうして私の両手をぎゅっと握りしめた。

「……まず、会社のことだけど」

「うん」

「来年の春には、俺は星和堂に戻って後を継ぐ準備をしないといけない」

ゆっくりと、言い含めるような声。目は少しもブレず、私をまっすぐに見つめていた。

「言わなかったのは、今は柚香には自分のことだけ考えていてほしかったからだ。俺たちふたりのことだけを。それに、働くなら俺と一緒に星和堂に来るよりも今の会社の人間の方が信用できる」

「そうなの？」

「そりゃ、深見は一緒に起業した仲間だし。磯原も長いこと会社を支えてくれてる。だから俺が抜けた後、柚香を安心して置いておけるし、柚香さえ働く気になってくれたら深見たちの力になってほしかった。落ち着いたら、ちゃんとそう頼むつもりだったんだ」

どうして話してくれなかったのか、あれほど寂しく感じたことが、こうしてちゃんと話を聞けば頷けた。

私に負荷をかけないために、時間を置いてくれていたのだ。

「それから、静香と会ってたことだけど」

「うん」

「これも……近々、柚香を連れていくつもりだった」

「え？」

「……不安にさせて悪かった。黙って会ってりゃ、気になって当然だよな」

これにもなにか、理由があるらしい。

首を傾げ、じっと彼の言葉を待っていたが、彼はしばらく考えた後、優しく、唇に微笑みを浮かべる。

「ゆず」

「はい」

握っていた私の両手を引き、さらに私の身体を近づけさせて片手を腰に回す。もう片方の手は、私の左手を誘導して自分の肩にのせさせた。

「今週末、連れていきたい場所がある」

「連れていきたい場所？」

「そう。それまではただ、俺を信じてほしい」

片手が私の頬を撫で、首筋へと肌を滑り、指先に力を入れて引き寄せた。
真っ黒の双眸《そうぼう》がさらに近くなる。
逸らされることのない強い眼差しに、私は気付けば、こくりと頷いていた。

翌日、磯原さんには心配をかけてしまったことを謝った。

すぐに許してくれたけれど、「その分詳しく説明しなさい」と言われ、克己くんとの現状を吐かされることになる。「やっぱりね。ただの幼馴染なわけないと思ったのよ」と、にやにや嬉しそうに笑われた。

最初は本当に幼馴染としてだったのだと、そこは主張しておきたい。

姉にも連絡しようとしたが、克己くんに「俺が連絡をしておいたから必要ない」と言われて止められた。

大人しく従ったのは、彼が私を連れていこうとしている場所に、姉も関係しているのだろうと、予測できたからだ。


約束の週末は、穏やかなお天気だった。

夕方、空の色が青からオレンジ色に変わっていく時間帯。

克己くんの車で到着したのは、私は一度も足を踏み入れたことがない一流ホテルのエントランスだった。

「柚香、行こう」

車のキーをホテルの従業員に預け、ダークグレーのスーツ姿の彼が、助手席から降りようとしていた私に手を差し伸べる。

「う、うん……」

私は、彼が今日のために用意してくれた薄いブルーのワンピースに身を包み、慣れないハイヒールのパンプスを履いている。

コツ、とヒールが鳴る。

克己くんの手に掴まって地面に足をつくと、繊細なレースがあしらわれたワンピースの裾がふわりと揺れた。

「なんか、緊張する……」

「レストランは個室を用意してあるから大丈夫。気にしないで楽しめばいい」

「本当に？」

戸惑いが隠せない。

確かにマナーも適当にしか知らない私にとって、周囲の目がない個室で食事ができるのは助かるが……今日、どうしてここに連れてこられたのか、その理由がまだわからないままだ。

レストランで食事をする、というのも車の中で聞いたばかり。しかもまさか、こんな格式高いホテルだとは思いもよらなかった。

克己くんのエスコートで歩き出す。ドアマンがガラスのドアを押し開けて、ドキドキしながら一歩中に入れば、煌びやかな空間が広がる。

高い天井、大きなシャンデリア、柔らかい濃赤色の絨毯。その雰囲気に圧倒されて思わず足が止まると、すっと腰に手を添えて彼が私を先へと促す。

エレベーターで高層階へ行き案内されたのは、展望台のような景色を楽しみながら食事ができるフレンチレストランだ。

そこから先は、まるで夢の中にいるようだった。

一般席を横目に通された個室は、六角形のダイニングで部屋の中央にテーブルがセットされている。

「わあ……」

そのテーブルの向こうの壁が一面ガラス張りで、オレンジ色から薄闇へと変わりゆく街の景色が広がっていた。

そこでは時間が、普段よりもゆっくりと流れているような感覚だった。

スローテンポで運ばれてくるお料理を、会話を楽しみながら時間をかけていただく。時折景色に目を移せば、じわじわと広がる夜の色が時計代わりに時間の経過を知らせてくれる。

「……すごい、贅沢な時間」

フレンチにシャンパン、綺麗な景色。それらひとつひとつの贅沢よりも、彼と過ごすこの時間そのものが、私には贅沢だった。

時間を気にせず、ゆっくりと見つめ合い、話をして、同じ食事とお酒を楽しむ。

「柚香と過ごせることが一番の贅沢だよ、俺には」

克己くんが私と同じように感じてくれていることが、とても嬉しい。

食事を終え、この後どうするのかと不思議に思っていれば、再びエレベーターに乗り最上階に上がる。

ずっと気にはなっていた。

今日、彼がここに連れてきてくれた意味を、私はまだ知らされていない。

けれど、ここでやっとわかった。

「入って」

最上階には、他に客はいなかった。

静かなフロアの一室に案内されると、中はアンティークの家具で揃えられたシックな空間になっていた。

けれど、普通の部屋じゃない。全身を余裕で映せそうな大きな鏡が設置され、それとは別に壁に作り付けの幅広のドレッサーもある。

そこに、どうしてか姉と、もうひとり女性のホテルスタッフが立っていた。

「お姉ちゃん？」

驚いて目を見開く。

姉はにこやかに、ひらひらと私に向かって手を振った。

「柚香！」

「お姉ちゃん、なんでここに？」

「ふふふっ。克己に頼まれてね。こっち入って……あ、克己は立ち入り禁止だからね」

姉に手招きされて部屋の中へと進んだが、克己くんは入ってはいけないという。

振り向くと、彼も心得てか入口の手前で立ったままだった。

「わかってるよ。柚香、外で待ってるからな」

「えっ……うん、わかった」

戸惑いながらも頷くと、姉が近づいてきて私の手を引く。そして、ドレッサーの椅子に座らせると、私の顔を鏡越しにチェックする。

「薄化粧ね」

「え、うん。いつもこんなもん、だけど」

「まあ、撮影とかじゃないしね。メイクは私が直すので、髪を結って左側に流す感じでお願いします」

姉がそう話しかけたのは、私にではなく、ホテルスタッフの女性だ。

「かしこまりました」

女性スタッフは一礼すると、私の背後に回り、髪を丁寧にブラッシングしてくれる。

その間に、姉が私の真横について、肌にパウダーをはたいている。

どうやら私は、これからヘアメイクを施してもらうようだ。

「ちょっと、リップとアイラインだけ直そうか」

置いてあった四角いメイクボックスを開けて、姉がリップパレットと小さなブラシを手に取る。

沈黙が広がった。

すぐ間近に姉の顔があり、視線は私の唇に注がれている。

姉に、先日のことを謝りたかった。だけど、スタッフの女性もいるし、リップを直してもらっているのに口を動かすわけにもいかない。

その間に、女性スタッフが髪を編み込みながら左にまとめ、鎖骨あたりで毛先を遊ばせ、華やかに整えてくれていた。

「うん、綺麗」

姉が満足げに頷く。そして、私の手を取ると立つように促し、今度は大きな鏡が三方に設置されているスペースに連れてこられた。

そこで目に入ったものに、私は目を見開いた。

「これが、私と克己からのサプライズよ」

今まで、ろくに部屋を見渡せていなかったので気付かなかった。そこには、トルソーに飾られた、ウェディングドレスがあった。

「これ……」

間違いなく、姉とふたりで作って、克己くんに隠されてしまったあのドレスだった。だけど、随分と雰囲気が変わっている。

「リメイクしたのよ。柚香がこのドレスを大事にしてるから、無駄にはしたくない。だけどそのままじゃなくて、もっと柚香に似合うように、って克己がね」

確かに、襟元はもう少し、シンプルなデザインだった。大人っぽい雰囲気を好む新田さんに合わせて、シックなイメージを壊さないようにしていたと思う。

だけど、今は同じ襟の形でもそこにレースが縁取られ、甘さがプラスされていた。

そしてドレープが大きくゆったりと入れられ、バックスタイルはウェストから裾にかけて、豪奢なレースがふんだんにあしらわれている。

「柚香とふたりで散々打ち合わせしたからね、あんたの好みはばっちり掴んであったし」

姉がドレスに近づき、丁寧にドレープの形を整える。その優しい目と手つきに、ぐっと涙が込み上げた。

「お姉ちゃんっ……」

「あんたを驚かせたくてね。試着するだけじゃつまらないから、髪もメイクも整えたの……って、泣かないのよ！　メイク流れちゃうじゃない！」

潤み始めた私の目に、姉はティッシュを押し付ける。

だけどとてもじゃないけどこらえきれなくて、ぶわっと涙は溢れてしまった。

「お姉ちゃん……私……っ」

感激と、申し訳なさが押し寄せる。

私のために準備してくれていたのに、なにも知らずに勘違いしてヤキモチ焼いて、心配をかけてしまった。そのことがとても情けなくて、恥ずかしい。

「ちょっ⁉　なんで余計に泣くのよ？」

「だってっ……ごめん、お姉ちゃん」

姉が呆れたように笑った。

だけど、私の謝罪の意味はちゃんとわかってくれたらしい。

「大丈夫よ。克己から、見つけたって連絡はもらってたし。昔っからあんたそうだもん。私と克己がふたりで遊んでたら、ヤキモチ焼いて泣いてたじゃない」

「うっ……」

くすくすとそう笑われて、恥ずかしさで、顔が熱い。

それから腕を引っ張って私を鏡の真ん前に立たせたかと思うと、感涙にむせぶ私に迎合することなく、テキパキと容赦なくワンピースを脱がせてくれた。

ウェディングベールはつけなかった。それは本番にとっておきなさいと姉が言ったのだ。

私の身支度を整えた後、姉は帰っていき、私はスタッフに案内されて、重厚な観音開きの扉の部屋に案内される。ここで、克己くんが待っていると聞かされている。

「……克己くん？」

中に入れば、スタッフが外から扉を閉めた。

ここがどこなのかは、もう私も察していた。このフロア全体がこのホテルのウェディング専用フロアになっていて。ここは、チャペルだ。

真っ白い壁とガラスでできたチャペルは、灯りを反射して眩いほどの空間を作り出している。

祭壇の近くに、克己くんが立っていた。ゆっくりと近づく私を、彼が眩しそうに目を細めて見つめる。

「……綺麗だ。よく似合ってる」

「そう？　あ、ありがとう」

照れくささに目を伏せて笑った。足音で彼が近づいてくるのがわかる。

「このドレスのために、お姉ちゃんと会ってたんだね……ありがとう」

俯く先に、彼の艶のある革靴が見えた。

大きな手が私の顎に軽く触れ、上向くように促される。

愛おしげに私を見下ろす彼の視線や、微かに触れながら顔の輪郭を辿る指がくすぐったくて、目を細めた。

「ははっ。また真っ赤」

「そりゃ……赤くなるよ、こんなシチュエーション……」

開き直って正直にそう言うと、彼はくすくすと楽しげだ。

「かわいいな、俺の花嫁は」

「お姉ちゃんのドレスとメイクのお陰です」

「照れ屋なところも全部かわいい」

今日は私がどれだけ照れようが真っ赤になろうが、お構いなしにひたすら、私を甘やかしてくれる予定らしい。

「ねえ、このためだけに、ここ借りてくれたの？」

言いながら、チャペル全体を見渡した。よく見れば生花も飾られ、本当の挙式を今から始めると言われても違和感がないくらいに美しく整えられている。

私にドレスを見せて驚かせるために、ここまで準備してくれたのか。確かにとても驚いたけれど。

「それもあるけど」

そこで一度、言葉は途切れた。不思議に思い、彼を見上げて首を傾げる。

克己くんの表情からふっと微笑みが消え、瞳がまっすぐに私を見つめた。

「柚香」

私の名前が、チャペルに響く。とくん、と鼓動が跳ねた。

「傷ついた分、お前が臆病になってるのはよくわかってる」

「克己くん？」

「だけどもう、泣き顔は見たくない。立ち止まっても進んでも不安になるなら、俺が抱えて一緒に歩いてやる」

強く決意を秘めた目で彼が私を見つめる。

私の左手を恭《うやうや》しく持ち上げ、少し腰を屈めると、手の甲に優しく口づけた。

「だから、この指に指輪をはめてくれないか」

ちゅっ、と手の甲からずれて彼が唇で啄んだのは、薬指だった。

「え……？」

彼が一度身体を起こし、スーツの胸ポケットから四角い箱を取り出した。

それだけで、中になにが入っているのかは、すぐに気が付く。

彼が手の中で開いたそこには、チャペルの煌めきを反射して光を揺らめかせる、大きな石の指輪があった。

「プロポーズ、ちゃんとしてなかっただろ」

「克己くんっ……」

「まあ、嫌だとは、言わせないけどな」

台座から指輪を外すと、彼は箱を祭壇に置いた。それから再び私の左手を持ち上げて、薬指の先に指輪を当てる。

「絶対手放さない。俺の妻にすると決めてる」

私に、許可は得なかった。当然のように、薬指にゆっくりと指輪を通す。

金属の感触が指の関節を過ぎ、付け根まで辿り着く。

それは私が彼のものだという証だった。

「もう、逃げられないってわかっただろ」

そう言った彼の表情は、不遜で艶やか。

「だからそろそろ、白状しろよ」

そのセリフで、気が付いた。

ああ、彼はもうとっくに私の気持ちがどこにあるのかなんてわかっているのだと。

潤む視界で、彼が得意げに微笑む。

涙がこらえられなくて、わななかいた唇を隠そうと手で覆った。

けれど、それは許されなくて両手はそれぞれ彼の手に拘束されて、私が気持ちを言うまで離してくれそうにない。

「い……急がないって言ったくせに」

「そのつもりだったけど。あんなかわいいヤキモチ焼かれたら、ちょっとくらい急かしたくもなる」

恨めしげに睨む私の目尻にキスをして、彼は私の表情をじっと見つめる。

しん、と静かになった。そして、催促するように次は瞼に。

それに応えた私の声は、たった二文字。

「……好き」

蚊の鳴くような、小さな声だった。

それでも一度声に出せたら、力は抜けてしまった。

「……克己くんが好き。子供の頃から好きだった」

私の手首を掴む手に、ぎゅっと力が込められる。

「好き……」

やっと言えた。

あれほど言葉にするのが怖いと思っていたのに、今は何度でも伝えたかった。

「克己くんが、好き」

いきなり強く抱きしめられ、苦しいくらいに彼の腕が絡みつく。

余裕そうに見えたはずの彼の体温が、思ったより熱かった。

「好きだ、ゆず」

耳元に触れた囁きも、熱い。

「私の方が、ずっと好き」

「なんだそれ」

ははっ、と彼が笑った。

広い背中に手を回せば、少し腕が緩んで、彼を見上げる余裕ができる。

「誰よりも幸せな花嫁にしてやるよ」

そう言った彼もまた、幸せそうで。

近づく唇に、私はそっと目を閉じた。


その夜、私は初めて、彼に抱かれた。

ふたりのマンションに戻ってすぐ、キスをしながら絡み合うように、ベッドの上に雪崩れ込む。私の肌を這い、衣服を剥ぎ取る彼の手が、熱かった。触れる吐息は、それ以上だ。唇からキスは逸れ、肌を伝って降りていく。

「克己くんっ……」

彼の手が、私の胸の膨らみを撫でたとき。びくっ、と身体が震えて甘い呻きとともに息を吐き出す。

「ゆず。怖いのか」

彼の手が、一度休んで私の手を取った。克己くんの大きな手の中で、私の手が小さく震えているのがわかる。

「……怖くない」

そう答えた声も震えていたけれど、怖いわけじゃなかった。ただ、小さな頃から知っている彼に、身体を見られるのが恥ずかしい。胸に触れられた途端に、急に意識してしまった。既に上半身はすっかり乱れ、ホックのはずされた下着がずり落ち、肌が空気に晒されている。

そんなあられもない姿を、克己くんに見られている。息遣いも聞こえるくらいに、近くで。そう思うと、目の奥が熱くなって涙が滲んでくる。彼にはそれが、私が怯えているように見えたのかもしれない。

彼は私の手首に優しく口づけて、だけどはっきりと私の目を見て言った。

「ごめん。泣いても離してやれない」

きゅっと眉を寄せ、どこか苦しそうで、欲に濡れた視線だった。手首に熱い吐息が触れて、唇が更に押し付けられ、歯を立てられた。その瞬間、ぞくりと背筋を欲情が這いあがる。

克己くんが覆い被さり、私の手をベッドに押し付けた。額をこつんとぶつけると、苦しいほどの願望が込められた、擦れた声が降って来る。

「もう、充分待った。ずっと欲しかった……欲しくて欲しくて、おかしくなりそうだ」

傍に居ながら、私の気持ちを待ってくれていた。そう思えば、私はどれだけ大事にされていたのだろうと気付く。

「ゆず……」

額を擦りあわせ、目を閉じた彼が愛おし気に私の名前を呼ぶ。私の身体を力で抑えながら、彼はまだ私の返事を待ってくれているのだ。

「克己くん……」

少しだけ頭を持ち上げ、僅かな隙間を埋めた。唇が一瞬だけ重なり、「すき」と呟く。

そうしたら、もう、躊躇い押しとどめるものはなくなった。

「んんっ」

唇を貪られ、ねじ込まれた舌の熱さに息が止まりそうになる。深く合わせ、口内で舌が絡まるその間に、彼の手が私の身体を撫でて這う。時に優しく、強く、緩急を加えられるそれは、逸る欲情を懸命に制御しようとしているように思えた。

「ゆず……っ」

身体中、至る所に落ちる口づけに、肌が騒めく。胸の膨らみを啄み、ちくりと小さな痛みと共に、散らされていく赤い痕。

「ゆず……もっと」

「ふぁ……あんっ」

「声が聞きたい」

唇を閉ざして堪えているのに、彼の手に頬を包まれ、親指が唇の隙間を擽る。思わず口を開けば、指がそのまま中に入り込み舌の表面を撫でた。

「ふあっ」

「ゆず……可愛い」

私の口を指で愛撫しながら、大きく開かされた足の間に彼の熱を感じる。

「あぁ……」

ずくん、とお腹の奥が疼く。あてがわれるだけでは、もっと奥へという願望が強くなるばかりで腰が揺れた。

とろん、と意識が溶けていて、視界も輪郭のないぼやけた写真のよう。口内に彼の親指を入れられながら、私の中を押し広げていく熱に高く細い、声が漏れた。

「あぁっ、あああ……」

「ゆず……柚香っ……」

ひくん、と身体が痙攣する。身体の中に、彼を感じる。

ぴたりと腰が重なり一番奥まで彼が辿り着いたとき、指は抜かれて労わる様に優しいキスに変わった。ゆっくりと、時間をかけて愛おしむようなキスに溺れる。

彼の腰が私を揺らし、押し寄せる快楽の波に目を閉じた。

涙が零れた。

幼い頃、あんなにも憧れた人が、今私を包んでくれている。確かな体温が絶えず私の中に流れ込み、現実なのだと教えてくれている。

言葉に出来ず、一度は儚く消えた幼い初恋だった。

手の届かない夢のようだった人。

今は誰よりも愛しい、最愛の人。

happyマリッジ

テーブルに並ぶのは、温野菜のサラダに、オムレツ、色鮮やかな生春巻き、白身魚のカルパッチョ。イタリアワインのボトルは半分ほど空いている。

向かいでは、ほろ酔いで少し頬を染めたさやかが、ご機嫌でグラスを傾けていた。彼女の手元には、私が先ほど渡した結婚式の招待状がある。

「それにしても篠宮さん、随分性急よね」

「うん。来年には星和堂に戻るから、それまでに、って」

プロポーズの夜から、四カ月が過ぎた。二カ月後には、私たちは結婚式を挙げる。今は、互いに仕事をこなしながらその準備に追われているところだ。

私が、以前の婚約が破談になってしまってからそれほど時間が経っていないし、せめて一年は待った方がいいんじゃないかと思ったのだけど。

家族とごく親しい友人だけでささやかに式を挙げ、会社や親族に向けた披露宴は来年を待って執り行うことになった。

「一刻も早く自分のものにしたいって感じよねえ」

さやかの表情がにやにやと私をからかうものになる。

私は頬が熱くなるのを感じながら、無言でワインをひと口含んだ。

彼女の推測は間違っていない。

克己くんは、来年から星和堂で働くことになっているが、私はその後も今の会社に残ると決めている。それまでになんとしても、結婚して式も挙げておきたいらしい。

星和堂に私を連れていくよりも、深見さんや磯原さんの仕事を手伝ってほしいと自分が言ったくせに、いざとなるとヤキモチを焼いているのだ。

職場が離れる前に、きちんと届を出して周囲にも私たちの関係を知らしめておきたい……はっきりと、私にそう言い切った。

式場や結婚指輪探し、姉の作ってくれたドレスに合わせて、ブーケの準備……。忙しい合間に、克己くんはひとつひとつ全部、一緒にやってくれた。

そんなところも、新田さんとの時とは違っていた。彼はなにかと仕事を理由にして、私に任せることが多かったから。

と、久しぶりにかつての婚約者のことを思い出していたのだが、その名前をさやかの口から聞くことになる。

「そうだ、言わなくてもいいかな、とも思ったんだけど……柚香も幸せそうだし、もういよね。新田さんのこと」

「え？」

「入籍だけしたみたい。それはちらっと聞いた」

「あ……そっか」

綾奈が、私が辞めたしばらく後に退職したことは、知っている。

「子供は順調なのかな？」

「そうみたい」

「会社の空気は？」

「さすがにもうね、もとに戻りつつあるわよ。新田さんも、柚香が辞めてからは黙々と文句も言わずに仕事をしてた。いつまでもギスギスした空気のままじゃ仕事にならないしね」

よかった、と少し安心した。

ひどい目にあったことは許す気にはなれないけれど、新田さんの人生があのまま狂ってしまえばいいなんて考えたことはない。

もう二度と会いたくはないし、今後一切関わることがないのならそれでいい。

綾奈と子供と幸せに、と素直に思えた。

招待状の手渡しも兼ね、さやかと互いの近況を報告し合い、久しぶりにたくさん話をした。

さやかも彼氏と順調らしく、結婚の話が出始めているらしい。

彼女ののろけを聞かされることになったが、これまで散々心配をかけた身としてはここは大人しく聞かねばなるまい、と聞き役に徹した。


「さやかの彼がね、ひとつ年下らしいんだけどすっごく優しそうでね」

「へえ」

ほろ酔いでふわふわと足元の覚束ない私は、車で迎えに来てくれた克己くんに身体を支えられながらエレベーターを降り、部屋までの通路を歩く。

「年下でも頼りがいがあるのかな？　さやか、いつもは姉御肌なのに。ちょっと甘えててかわいかった」

「わかったわかった。ほら靴脱いで」

久しぶりの再会でアルコールのせいもあり、テンションが上がったままだ。

彼がハイハイと聞き流し宥めながら、私の靴を脱がせる。

「ふあっ……」

「っと。たく、どんだけ飲んだんだ」

かくん、と膝の力が抜けて倒れそうになるのを、彼の腕が支えてくれる。

しょうがないな、と優しい苦笑いにとくんと胸が鳴く。

この表情が、私は好きだ。

ときめきながらも彼の腕の中で大人しくしていると、彼が私の膝裏に手を通し、ひょいっと抱き上げた。

ゆらゆらと、身体が揺れる。

心地がよくて、彼の肩に片手をのせ、頭をこてんと預けた。

「寝室でいいか」

「うん」

今でも時々、夢のようだと思う。

こうして克己くんに安心して甘えられる日が来るなんて、夢見たことはあっても現実になるとは思いもしなかった。

プロポーズをされて、自分の気持ちを正直に告白したあの夜から、私は時々、わざと彼に甘えてしまう。

甘える私を受け入れてくれる、そのことで少しずつ、夢でないことを実感していくかのように。

ぽす、と柔らかなベッドの上に背中から下ろされる。

離れたくなくて首筋に縋りついたら、克己くんのにおいがした。

違う、実感なんてもうとっくにできていて、今は単純にこうして甘えているのが好きなのかもしれない。

くす、と彼が笑う。

多分、本当はちょっとくらい歩けたことも彼はわかっていて甘やかしてくれている。

「水、持ってくるけど？」

「んー、やだ」

酔ったふりで甘える私の唇を、彼が啄んだ。ちゅ、と軽くリップ音が鳴る。

それだけでは当然物足りず、私は腕を緩めない。

彼が上半身ごと覆い被さるように、私の顔のすぐ横に両肘をつき、腕で囲いながら髪を撫でる。

「今日は、楽しかったか？」

「うん。たくさん話せたし」

新田さんの近況を聞いたことは、言わないでおいた。もう関係ないといっても、彼はきっといい顔はしない。

「結婚式、来てくれるって」

「そうか」

「克己くん」

「ん？」

「ありがとう……迎えに来てくれて」

いつもいつも、甘えさせてくれて、ありがとう。

腕の中に閉じ込められるような狭い空間に、視界いっぱいの克己くんの優しい微笑。

「……そんなかわいく甘えられたら、今夜寝かせてやれなくなるけど」

その言葉に、キュンと身体の奥が彼を呼んで鳴いた。

彼の手が、ネクタイの結び目を握って緩めながら、唇を触れ合わせ、吐息を混ぜる。

優しいキスから少しずつ、舌を絡める蜜のような甘いキスに変わった。

もう何カ月も一緒に暮らして、夜も共にして肌も合わせた。

私の心も身体も全部、すっかり克己くんに馴染んでいて、そんなに急いで考えなくても、私はとっくに彼のものだ。

そう思っていた。

だから、結婚への心積もりは充分できているつもりだった。

軽く考えていた、という意味じゃない。

結婚式はまだでも、私は自分の全部をとうに彼に明け渡したつもりでいた。


それからの時間は、あっという間だった。

結婚式の準備も大詰めで、引き出物などの確認作業に追われ、仕事をしながらなので余計に忙しく過ぎていく。

そして迎えた、結婚式の当日。

前日から実家に帰っていて式場に直行した私は、まだ克己くんと顔を合わせていなかった。

控室で、姉がドレスを着つけて形を整えてくれる。

両親が涙ぐんで言った。

「綺麗よ、柚香」

「……ありがとう。お父さん、大丈夫？」

父に至っては、これからヴァージンロードを一緒に歩いてもらわなければいけないというのに、すでに目が真っ赤だった。

「……柚香、幸せにな」

そう言ってくれるのはいいのだが、なんだかとても元気がない。

「ちょっとお父さん。大事な役目があるんだから顔洗ってきたら？」

「今洗ってもどうせすぐ泣くから無駄じゃない？」

姉と母が笑って茶化そうとしたものの、それも通じないほどの落ち込みぶりだった。

「……お父さん」

もともとは母が強引にお見合いに持ち込んできたのだし、父も喜んでいてくれたはずだった、のだが。

心配になって声をかけたが、父は影を背負ったままで、私の言葉に返事をくれたのは母だった。

「心配しなくても大丈夫よ。父親なんてこんなものだから」

「お姉ちゃんの時も、そうだったっけ？」

姉は、結婚式は挙げていないが。

「出ていく前日は、大変だったわよ。ベッドでグスグス泣いてたんだから」

こそっと母が耳打ちで教えてくれた。

オルガンの音が鳴り響く。重厚な扉がゆっくりと開き、続くヴァージンロードの先に青いステンドグラスが陽の光を透かしている。

そこに克己くんの姿を見た時、それまでとは違った緊張感にどくんと心臓が鳴った。

「……行くぞ」

父が足を進め、私も一拍遅れて続く。

近づくほどに克己くんの顔がはっきりと見えてくる。

彼は、一歩一歩、ヴァージンロードを踏みしめる私をただじっと、見つめていた。

ヴァージンロードの両脇に、私たちの家族と友人がいる。その中には当然姉もいて、見守られる中を進むほど、どうしてか昔の想い出が頭を過った。

ああ、そうだ。彼が以前昔を懐かしんで言ったように、確かに私は子供の頃、克己くんと姉を追いかけて泣いてばかりだった。

ふたつの年の差がとても大きくて、遊びにもついていけなくて、一生懸命追いかけては、仕方なくふたりが立ち止まってくれるのを待っていた。

それは大きくなっても同じで、一緒に遊ぶ機会も少なくなった中学生の頃は、高校生のふたりがとても大人に見えて遠い存在だった。やっと高校生になって追いついたと思っても、彼らは一年すればすぐにまた遠くに行ってしまう。

――克己くん、お姉ちゃん。

――克己くん、克己くん。

今は近くてもすぐに遠ざかる憧れ。

近づきたくて、子供扱いでもいいから、妹扱いでもいいからと、一生懸命追いかけた。

その彼が今、私のすぐ目の前にいる。やっと、手が届くほどすぐそばに。

父の手が私の手を導き、彼に差し出す。

彼が恭しく頭を下げ、私の手を取ってくれたその瞬間、ぶわりと涙で視界が揺れた。

見上げた克己くんの顔が、滲んでしまって見えない。

ベール越しにも、私が泣いていることがわかったのだろう。

「もう泣いてる」

そう言って、小さく笑った。

「……だって。やっと追いつけたって思って」

一度は諦めたのに、今はこうしてそばにいる。それがとても、奇跡的なことのように思えた。

嬉しいこと、悲しいこと悔しいこと。

たくさんの事象が重なって、私はここにいる。

それはとても幸せな奇跡で。

生涯大切にしなければいけない縁。

「そんなに泣かれたら、誓いの前にキスしてしまいたくなる」

小さな声で囁き、宥めるように私の手のひらを彼の指が優しく撫でた。

すっと深呼吸して頷き、息を整える。

ふたりで正面の祭壇に向き合った。神父様の言葉を、粛々と受け止める。

式を挙げる前からとっくに、私は克己くんにすべてを差し出したつもりでいたけれど、ヴァージンロードを進みながら過去を噛みしめ、ここに辿り着いたことを今はもっと、大切に思える。

「誓います」

低く静かな声で、彼が神父様に向かいそう誓った時、こらえていた涙が頬を伝った。

幸せな時も、困難な時も、病める時も、健やかなる時も、死が、ふたりをわかつまで愛し、慈しむこと。この先、今まで過ごした時間よりもずっとずっと長い年月を、
克己くんとふたりで歩むことを、

「……誓います」

涙声で少し擦れてしまったけれど、初めて愛を誓うことの重みを感じた。

近づいてきた介添人にブーケを預ける。差し出された小さな箱の中には、白いクッションにのせられた指輪が並んでいた。

折り重なるふたつの指輪に、これからの生き方が重なって見えた。

こんな風に、寄り添って生きていきたい。

克己くんの大きな手が小さい方の指輪を取り、私の左手をすくい上げて薬指にはめた。

次に、私が彼の左手の薬指に指輪を通す。

手が震えて上手くいかない。

やっと指の根本まで指輪が辿り着いた時、涙が彼の手の甲にぽたりと落ちてしまった。

「それでは誓いのキスを」

促されて彼と向かい合う。

俯いていると、薄いベールがゆっくりと持ち上げられて視界がクリアになった。

徐々に視線を上げる。

彼の胸元には、私のブーケと同じ白いバラのブートニア。

目を合わせる頃には、私はもう涙に濡れてひどい顔だったんじゃないかと思う。

見かねた彼が、指で涙を拭ってくれた。

視線を交わしながら、彼が静かに上半身を屈める。

触れる寸前目を閉じて、触れた彼の唇が震えていることに気が付いて、心が温かくなる。

克己くんも緊張しているんだと、知ることができたから。

何度も交わしたキスだけれど、誓いの意味を込めたものは初めてで、その重みを、彼も感じてくれていることが幸せで。

祭壇の前、家族や友人が見守る中でのキスは、これまでで一番優しくて、羽に触れるようで……。

きっと生涯忘れることない、キスだった。

「ここに、ふたりの結婚が成立したことを宣言します」

神父様の声で、参列席から拍手が湧き起こる。

その時、彼が私の頭を引き寄せ、軽く抱きしめてくれた。

「泣きすぎ」

「……だって」

「これでやっと、全部俺のものになった」

小さく耳元で囁かれた言葉を最後に、彼が私の手を取り、腕に絡ませた。

お祝いの言葉、拍手、シャッターの音が溢れる中、彼に導かれて退場する。

『これでやっと、全部』

今日やっと、私は未来の自分もすべて彼に差し出した。

彼とひとつの未来を持てた、そのことにじんわりと胸が熱くなり、また涙が込み上げそうになる。

ヴァージンロードを戻り、扉を一歩外に出た後、私は彼の腕を引いた。

「……克己くんも、全部私のもの？」

そう尋ねると、彼は一瞬目を見開いた後、

「当たり前だろ」

そう言って、突然強く私を抱き寄せ、誓いのキスよりも少し深く、唇を合わせた。

突然のことに歓声が湧き、私も驚いて身体を硬くしたけれど、ゆっくりと力を抜き彼に委ねる。

今日から、私はあなたのもの。

あなたは私のもの。

閉じた瞼の奥で、幼い頃泣いていた自分に語りかける。
いつかちゃんと、こんな日が来るからと。
彼が私を見つけて掴まえてくれる。
そんな日が来ることを。

特別書き下ろし番外編

未来の想い出

結婚して三ヵ月が過ぎ、仕事に追われる中でも柚香とふたりの生活は温かで、穏やかな毎日が日常になりつつある頃だった。

「あ、この女優さん結婚したんだねー」

ソファでスマホをいじりながら仕事のスケジュールを確認している時、柚香に声をかけられ顔を上げる。テレビには女優のウェディングドレス姿が映し出されていた。

コーヒーのカップをふたつローテーブルに置き、柚香が俺の隣に座る。

「ウェディングドレス見るたびに、私思い出しちゃうの」

「結婚式？」

「それはもちろんだけど、その前にね、あったことも一緒にね」

なにげなく言ったつもりなのか知らないが、そのセリフに敏感に反応してしまった。

「まだ、忘れられない？」

片腕を回して柚香の身体を強引に抱き寄せる。

驚いた目でこちらを見上げる彼女の唇を、キスで塞いだ。

「んっ……」

抵抗なく開く唇の中へ舌で入り込み、唾液を絡ませる。

彼女が、今もまだ元婚約者のことを忘れられないだとか、そんなことを心配しているわけじゃない。

ただ、本当なら幸せな記憶に繋がるウェディングドレスが、彼女にとってはそれだけではないことを知っている。


俺にとって、立花柚香は幼馴染というよりも、妹のような感覚に近かった。

想い出と言われて頭に浮かぶのは、小学生の頃のことがほとんどだ。

俺と静香の後をついて回って、置いていくとすぐに泣いてしまう、甘えん坊で泣き虫な妹。

中学に進むと部活もあって静香とも柚香とも会うことはめっきり減ったが、それでも通学中に会うといつでも嬉しそうに走り寄ってきていた。

『克己くん』

少し舌っ足らずな声が、耳に残っている。

思い出す柚香は、せいぜい中学生くらいまでだろうか。

高校生の頃の印象は、あまり残っていない。

どちらかというと、幼い頃のことを思い出すことの方が多くて、だからその柚香が結婚相手に裏切られ式直前に破談になったと聞いた時は、ひどく頭に血が上った。疎遠にはなっていたが、かわいい妹を泣かせた男が許せなかったのだ。


連絡をすればひどく泣いて手に負えない状態で、急いで店に駆け付けた。

そこで、酔っぱらって真っ赤な顔でテーブルに突っ伏す柚香を見て、今さらながら驚いてしまった。

居酒屋にいると聞いた時からわかっていたことなのに、彼女の姿を目の前にするまでは幼い頃のイメージが抜けていなかった。

そうだ、結婚しようという年齢なのだ。酒だって飲む。

幼く見えた学生の頃の面影はあっても、そこにいるのはひとりの大人の女だった。


タクシーの中で眠ってしまった柚香を背負って、どうにか玄関を空けて中に入る。

手探りで壁のスイッチを見つけて、灯りを点けた時。壁にかけられたウェディングドレスを見て、絶句した。

なんでこんなものが自宅にあるんだ、と考えて思い出す。

静香がデザイナーでウェディングドレスも手掛けていると聞いたことがあった。

頭を振って、居たたまれずドレスから目を逸らす。

『ほら、柚香』

ベッドに座るように下ろしてやると、靴を脱がしてやった。

『んん……』

まだ寝ぼけているのか座ったまま寝てるのか、ぐらぐらと頭が揺れて目は閉じたままだ。

『今夜はもうそのまま寝ろよ』

そう言って、脱がした靴を一度玄関に置きに行き、振り返る。だが、次の瞬間目に入った白い肌に、とっさに目を逸らした。

『おい、ゆずっ……』

どうやら俺の存在も忘れて、寝ぼけながら着替えているらしい。こちらに背を向けて、ベッドの上にあったパジャマに手を伸ばしている。

仕方なくそのまま目を逸らし続け、俺が見ていたのは壁にかけられたウェディングドレスだった。

裾にはレースが使われているが、シンプルで大人っぽいドレスだ。似合わない、とは言わないが、柚香はもう少しかわいらしいデザインを好むのかと思っていた。

まあ、それも、今の柚香を知らないから俺のイメージだけのものかもしれないが。

ぽすん、と僅かな音がして柚香を見れば、ベッドに横になっていた。限界だったのか、床に脱いだ服がそのままになっている。

……もう、そのまま寝かしてやろう。

ベッドに近づき、布団を被せてやろうとした時だった。

眠っていると思っていた柚香の目が、ぼんやりと開いていることに気が付いた。

その目は俺の方など見ていなくて、ただ一点……ウェディングドレスを見つめている。

その目にみるみる涙の膜がかかる。

『……った、さん』

ぽろ、ぽろ、と涙がこめかみの方へ流れ、ベッドを濡らしていく。

『新田さん……』

最後にはっきりと、相手の男の名前を呼んで、ゆっくりと目を閉じた。

その瞬間、制御できないほどの怒りで頭の中が熱くなった。

柚香に、こんな泣き方をさせたその男が許せなかった。今すぐ傷つけられた記憶ごと、男の記憶も消してしまいたい。それができないことがひどくもどかしい。

『……ゆず』

乱れた髪を避け、涙の跡を目で辿る。次々にこぼれる涙に、吸い寄せられるように口づけようとして、我に返った。

そんなことをしていい関係じゃない。女を慰めるのではない。柚香は幼馴染で、大事な妹、のはずだった。

強い庇護欲と、柚香を傷つけた男への収まらない怒りは、そのせいだ。

深呼吸をして柚香の涙を指で拭い、肩までしっかり布団を被せてやると、白いドレスを見上げる。

幸せの象徴であるはずのそれが、今は彼女の傷を抉るものにしかならない。

そう思えば、俺は迷うことなくそのドレスを彼女のマンションから持ち出していた。

許せなかった。これがある限り、柚香はひとりこの部屋で泣くだろう。

自分を傷つけたくだらない男のために、何度も涙を流すだろう。

そんな時間を過ごさせるものか。

その傷が癒えるまで、あの無邪気な子供の頃の笑顔が戻るまで俺が守ってやる。

すでに、これが始まりだったのだろうと思う。

それまでの、懐かしい想い出の中にいた柚香が、妹でもなく幼馴染でもなく、ひとりの女として俺の中に住み着いて、会うほどに存在感が増していく。

二度目の再会の時。

『俺にとったら大事な妹なんだよ、お前は』

そう言ったのは、自分に言い聞かせる意味もあったのかもしれない。

傷ついている柚香を、女として見始めている自分を抑え込み、どうにかして力になりたいと思う理由を『妹だから』『幼馴染だから』とそのフレーズで片付けようとした。

幼い頃なら、『克己くん』とためらうことなく泣きついてきただろうに、今の柚香は頑なに思えるほどに俺に頼ろうとはしない。

それが余計に歯痒くて、つい強引に手を差し伸べ、必死に彼女の笑顔を引き出そうとした。

そんなことを繰り返していれば、そのうち嫌でも気付いたのだろうが。自覚を促したのは、母親からの見合いの件だった。

俺にいきなり縁談が持ち込まれたのと同じタイミングで、柚香にも連絡があったと知った時、母親同士が結託したのだということはすぐにピンときた。

泣き腫らした目でスープをすすり、パスタを口に運ぶ柚香を、じっと見つめた。

縁談の相手が彼女であったことに、少しの抵抗感もない。むしろ、そうなれば堂々と彼女を守れるのだということにほっとして、柚香の相手が他の男である可能性を考えると『冗談じゃない』と思った。

他の、どこの誰にも渡すものかと突然湧いて出た独占欲に戸惑った。

『誰が相手でも今は無理だもの、絶対』

きっぱりとそう告げる柚香を目の前にしても、どうにかしてこの腕の中に閉じ込める方法を画策し始める自分に気付く。

生まれた確かな感情をごまかすことができなくなるのに、その後それほどの時間はかからなかった。

涙をこらえて微笑む気丈な彼女に、胸が痛くなる。

どれだけ泣いても足りないくらいに傷ついているくせに、相手の女を気遣うお人よしなところも放ってはおけなくて、俺がどれだけ柚香に惹かれてやまないか気付かない彼女が憎らしかった。

哀しそうな顔をするたび、相手の男がまだ忘れられないのかと嫉妬もした。

簡単には癒えない傷が、過ぎた恋の重さのように感じて、嫉妬でどうにかなりそうだった。

だから、ウェディングドレスを新しく作るのではなく〝作り変えた〟のは、柚香のためだけでもない。

過去の恋も傷も涙も、全部俺で上書きしたかった。

自然に癒えるのを待つのではなく、俺の手でかき消してしまいたかったのだ。


はじめは、なにかと自分に言い訳をして柚香に手を差し伸べ続けた。

途中からは、わざとはぐらかしたり言葉を選んで、柚香が俺を頼るように仕向けて俺から離れていかないように画策した。

いつ頃からだろうか。柚香の瞳に俺と同じ感情が燈っているのではないかと、気付いた。

ただ、一度裏切られた痛みはそう簡単に忘れられるものでもないだろう。

臆病になってしまった柚香が自分から動き出すのを焦らずに待とうと決めていたが、それはそれとして逃がすつもりはさらさらなく先回りしては逃げ道を塞いでいった。

俺は、卑怯者だ。

そうまでしても、柚香を抱き込んでしまいたかった。

激しいキスに耐えかねたのか、柚香が僅かに顔を逸らした。彼女が数秒、息を整える。その時間を待つこともできず、唇を追いかけて再び塞ぐ。

テレビ番組は、もうさっきの女優の話題は終わり、今はＣＭが流れている。

目を閉じ、懸命にキスに応える腕の中の彼女が、愛おしくてたまらない。

力が抜けていく彼女の身体をゆっくりとソファに預ける。上から覆い被さると、ようやく唇を解放し、目頭にキスを落とした。

頬を染め、とろんと溶けた視線を向ける。そうやって、ずっと俺だけ見ていればいいと願ってしまう。

「ん……ふ、ぁ」

顔にかかった髪を避け、こめかみへと流してやっていると、ふっと彼女が微笑んだ。

「あのね。思い出すのは新田さんとのことじゃないよ」

「え？」

思いがけない言葉を聞き、目を見開く。

「克己くんのこと。だっていきなり、忽然《こつぜん》とドレスが消えちゃったんだもん。今考えてもびっくりだし……私のためにしてくれたとはいえ、大変だっただろうなって」

「なにが」

「だってウェディングドレスだよ？　車までだって、運ぶ途中で誰かに見られたら絶対変な目で見られそう、しかも真夜中」

彼女は、クスクス笑う。

「見られたよ、思いっきり」

「嘘っ」

「隣に住んでたヤツ。彼女が幸せ太りでサイズ直ししないといけなくなって、って言っといた」

「ちょっ！　ひどい！」

冗談を真に受けて、彼女の手がぱしっと俺の肩を叩いた。笑いながらその手を掴まえて、華奢な手首に口づける。

すると彼女がもう片方の手で、俺の頬に触れた。

「ありがとう」

「うん？」

「こんな風に冗談が言えたり笑ったりできるのは、あの日克己くんが私の前からドレスを消してくれたから」

穏やかな微笑みを浮かべる彼女が眩しく、目を細める。そこには、ひと欠片の憂いも見つからない。

「克己くんが全部、丸ごと包んで守ってくれた。ありがとう」

潤み始める彼女の瞳に、じんと胸が熱くなった。

「……ゆず」

自分のしたことが、決して正しかったとは思わない。だが、正しく彼女に作用してくれたことにほっとする。

俺と結婚することは変わらなくとも、この先一生、テレビや街角でウェディングドレスを見るたびに涙を思い出してしまうようなことにはしたくなかった。

「愛してるよ」

「うん……私も」

想い出も全部、俺とのことで埋めてしまえばいい。

願いを込めて、再び彼女の唇に口づける。深く舌で入り込み、熱く絡まる唾液の甘さに溺れた。

これから未来《さき》の彼女は全部、俺のものだと確かめるように身体にねだる。

柚香と俺と、いつか生まれる子供と。
互いの想い出を幸せで埋め尽くすのだと心に誓った。

END

あとがき

こんにちは。砂原雑音です。「蜜月同棲〜24時間独占されています〜」をお手元に迎えていただき、ありがとうございます。

お話を考える時、私はいつもきっかけがバラバラで、見せ場のシーンが先に浮かびそこから人物やエピソードを肉付けしていったり、人物像が最初に浮かんでそこからお話を辿っていったり様々ですが。

今回は、「花嫁さんが書きたい！」というのがまず頭にありました。プロットになる前の脳内イメージでは、ウェディングドレスの花嫁さんが失恋をして、ひとりぼっちになったところ新しい恋を見つけて落ちていく、というものでしたが。

なかなかイメージ通りのお話にならず、手を焼いたのがこのお話です。

サイトでは「花嫁が恋に落ちるとき」というタイトルだったのですが、これも「花嫁」と入れたくて、しっくりするのが決まるまでは随分コロコロしました。

現実の結婚は幸せなことばかりでもないですが、やっぱりウェディングドレスは幸せや憧れの象徴で、観るだけで幸せな気持ちになれるものであればいいなと思います。

ヒロイン柚香は、克己のおかげで哀しい記憶の上書きができ、きっとふたりは幸せな未来を作っていってくれるのだと思います。

最後になりましたが、いつも応援してくださる読者の皆様、励ましてくれる執筆仲間たち。たくさんの人に支えられて、今も楽しく書き続けていられます。

この場を借りまして、お礼申し上げます。本当に、ありがとうございます。

それから出版にご尽力いただいた福島様、妹尾様、表紙イラストを担当してくださった北沢きょう様。

皆さまのおかげで、こうして形にすることができました。

たくさんの方々に、感謝を込めて。ありがとうございました。

砂原《すなはら》雑音《のいず》

砂原雑音先生への
ファンレターのあて先

〒104-0031
東京都中央区京橋1-3-1
八重洲口大栄ビル7F
スターツ出版株式会社　書籍編集部　気付

砂原雑音先生

本書へのご意見をお聞かせください

お買い上げいただき、ありがとうございます。
今後の編集の参考にさせていただきますので、
アンケートにお答えいただければ幸いです。

下記URLまたはQRコードから
アンケートページへお入りください。
http://www.berrys-cafe.jp/static/etc/bb

蜜月同棲～24時間独占されています～

2018年12月10日　初版第1刷発行

著　　者　砂原雑音
　　　　　©Noise Sunahara 2018
発 行 人　松島 滋
デザイン　hive & co.,ltd.
校　　正　株式会社鷗来堂
編集協力　妹尾香雪
編　　集　福島史子
発 行 所　スターツ出版株式会社
　　　　　〒104-0031
　　　　　東京都中央区京橋1-3-1　八重洲口大栄ビル7F
　　　　　TEL　販売部　03-6202-0386（ご注文等に関するお問い合わせ）
　　　　　URL　http://starts-pub.jp/
印 刷 所　大日本印刷株式会社

Printed in Japan

乱丁・落丁などの不良品はお取替えいたします。
上記販売部までお問い合わせください。
定価はカバーに記載されています。

ISBN 978-4-8137-0581-9　C0193

ベリーズ文庫 2018年12月発売

『目覚めたら、社長と結婚してました』　黒乃《くろの》 梓《あずさ》・著

事故に遭い、病室で目を覚ました柚花は、半年分の記憶を失っていた。しかもその間に、親会社の若き社長・怜二と結婚したという衝撃の事実が判明！　空白の歳月を埋めるように愛を注がれ、「お前は俺のものなんだよ」と甘く強引に求められる柚花。戸惑いつつも、溺愛生活に心が次第にとろけていき…!?

ISBN 978-4-8137-0580-2／定価：本体650円＋税

『蜜月同棲～24時間独占されています～』　砂原雑音《すなはらのいず》・著

婚約者に裏切られ、住む場所も仕事も失った柚香。途方に暮れていると、幼馴染の御曹司・克己に「俺の会社で働けば？」と誘われ、さらに彼の家でルームシェアすることに!?　ただの幼馴染だと思っていたのに、家で見せるセクシーな素顔に柚香の心臓はバクバク！　朝から晩まで翻弄され、陥落寸前で…!?

ISBN 978-4-8137-0581-9／定価：本体640円＋税

『エリート弁護士は独占欲を隠さない』　佐倉伊織《さくらいおり》・著

弁護士事務所で秘書として働く美咲は、超エリートだが仕事に厳しい弁護士の九条が苦手。ところがある晩、九条から高級レストランに誘われ、そのまま目覚めると同じベッドで寝ていて…!?　「俺が幸せな恋を教えてあげる」――熱を孕んだ視線で射られ、美咲はドキドキ。戸惑いつつも溺れていき…。

ISBN 978-4-8137-0582-6／定価：本体660円＋税

『極上恋愛～エリート御曹司は狙った獲物を逃がさない～』　滝井《たきい》みらん・著

社長秘書の柚月は、営業部のイケメン健斗に「いずれお前は俺のものになるよ」と捕獲宣言をされ、ある日彼と一夜を共にしてしまうことに。以来、独占欲丸出しで迫る健斗に戸惑う柚月だが、ピンチの時に「何があってもお前を守るよ」と助けてくれて、強引だけど、完璧な彼の甘い包囲網から逃れられない!?

ISBN 978-4-8137-0583-3／定価：本体630円＋税

『ベリーズ文庫 溺甘アンソロジー1 結婚前夜』

「結婚前夜」をテーマに、ベリーズ文庫人気作家の若菜モモ、西ナナヲ、滝井みらん、pinori、葉月りゅうが書き下ろす極上ラブアンソロジー！　御曹司、社長、副社長、エリート同期や先輩などハイスペックな旦那様と過ごす、ドラマティック溺甘ウエディングイブ。糖度満点5作品を収録！

ISBN 978-4-8137-0584-0／定価：本体650円＋税

タイトル、価格等は変更になることがございますのでご了承ください。